WAT-17

Please renew/return this item by the last date shown.

So that your telephone call is charged at local rate, please call the numbers as set out below:

	From Area codes 01923 or 020:	From the rest of Herts:
Renewals:	01923 471373	01438 737373
Enquiries:	01923 471333	01438 737333
Textphone:	01923 471599	01438 737599

L32   www.hertsdirect.org/librarycatalogue

Franz-Olivier Giesbert

L'Américain

Gallimard

Franz-Olivier Giesbert est né en 1949, à Wilmington, dans le Delaware, aux États-Unis, d'un père américain et d'une mère française. Il arrive en France à l'âge de trois ans. Après avoir collaboré à la page littéraire de *Paris-Normandie*, il entre au *Nouvel Observateur* en 1971. Successivement journaliste politique, grand reporter, correspondant à Washington, chef du service politique, il devient directeur de la rédaction de l'hebdomadaire à partir de 1985. En 1988, il est nommé directeur de la rédaction du *Figaro*. Depuis 2000, il est directeur du *Point*. Il a publié plusieurs romans dont *L'affreux* (Grand Prix du roman de l'Académie française 1992), *La souille* (prix Interallié 1995), *Le sieur Dieu*, et des biographies : *François Mitterrand ou la tentation de l'Histoire* (prix Aujourd'hui 1997), *Jacques Chirac* (1987), *Le Président* (1990) et *François Mitterrand, une vie* (1996).

1

J'ai passé ma vie à essayer de me faire pardonner. Aussi loin que remonte ma mémoire, il me semble que je n'ai jamais été à la hauteur. Sur aucun plan. C'est un sentiment qui me noue, souvent, quand, par malheur, je me retrouve seul avec moi-même. Dans mon lit, par exemple, pendant une insomnie.

Il faut que je m'évite. C'est vital. Je m'y applique, depuis plusieurs décennies déjà, avec un certain succès. Même s'il m'arrive de m'attarder devant un miroir pour vérifier mon visage hébété d'insomniaque, repérer un bouton ou une nouvelle tache de vieillesse, j'ai toujours fui l'introspection. Je ne crois pas que je survivrais à une psychanalyse.

Ceci n'est donc pas une psychanalyse sublimée par l'écriture comme peuvent l'être certains romans. C'est mon histoire, une histoire que je me suis bien gardé de me raconter à moi-même jusqu'à présent, de peur de ne pas la supporter. Je voudrais aujourd'hui en dérouler le fil, alors que j'arrive au couchant de ma vie, pour rendre hommage, avant de les rejoindre, à ceux qui m'ont fait.

À mon père, surtout. À mon père que j'ai tant honni et avec qui je crois n'avoir jamais parlé. Sauf peut-être pour lui demander, à table, de me passer le sel ou autre chose, et encore, je n'en suis même pas sûr. Les dernières années de sa vie, chaque fois qu'il me tournait autour pour engager la conversation, je changeais de pièce. Je remettais toujours à plus tard la réconciliation qui n'aurait pas manqué de se produire si la mort ne l'avait enlevé à ma désaffection.

J'avais une excuse. Mon père m'a volé mon enfance. C'est à cause de lui que j'ai toujours regardé le monde avec des yeux d'adulte. Même à cinq ou six ans, j'étais déjà sans illusions. Autant que je me souviens, je n'ai jamais cru au Père Noël. On ne peut croire au Père Noël dans une maison où la femme est battue comme plâtre, plusieurs fois par semaine.

Je ne peux dire quand mon père a commencé à flanquer des raclées à ma mère, mais je sais pourquoi il les lui donnait. Même lorsqu'il ne trouvait pas de prétexte, il avait une raison. Il en voulait à la terre entière, et à sa femme en particulier, de lui gâcher la vie. Papa était un artiste, un vrai, à ce qu'il semble, et il reprochait à maman de l'empêcher d'être le grand peintre qui bouillonnait au-dedans de lui en faisant sans arrêt des enfants. Il n'aimait pas les enfants. Ils le clouaient dans la médiocrité bourgeoise, qu'il vomissait à longueur de journée. C'est à cause d'eux qu'il avait renoncé à sa palette et à son chevalet pour barbouiller jusqu'à plus d'heure du « commercial », mot qui, dans sa bouche, était une insulte, et qui désignait des prospectus, des catalogues ou des affiches.

Maman lui a donné cinq enfants. D'une voix trop lasse pour n'être pas affectée, mon père nous appelait les « bouches à nourrir », de sorte que nous ne pouvions ignorer le poids que nous représentions sur ses épaules, pourtant larges et puissantes. Il nous battait froid. Il nous battait tout court aussi, moi surtout, parce que je lui tenais tête plus que de raison, avec des façons de coq de la paroisse, pour venger maman.

Les photos d'époque me montrent souvent en retrait de la famille, la tête basse et l'air fermé. Je n'étais pas malheureux, pourtant. J'avais déjà dans la tête un plein bon Dieu d'herbe, d'amour, de rêves et de bêtes. Sans parler du Seigneur et de la Sainte Vierge qui, de leur ciel, me surveillaient, à ce que je croyais, comme le lait sur le feu. J'étais juste ravagé par la haine. La haine de mon père que j'envisageais de tuer tôt ou tard.

Papa dormait avec un poignard sous l'oreiller. C'était une habitude qu'il avait prise à l'armée, après le débarquement de Normandie, quand ses nuits étaient peuplées d'Allemands qui rampaient dans les champs pour tuer du Yankee, leur couteau entre les dents.

Je l'imitai. Longtemps, je dormis avec un canif sous mon oreiller, afin d'éventrer mon père si jamais il lui venait à l'idée de me chercher noise pendant la nuit. Même si j'en fomentai souvent le projet, je ne crois pas que j'aurais pu le tuer de jour, en le regardant droit dans les yeux. Il me faisait trop peur.

Papa était très coléreux et très violent. Pas avec tout le monde, cependant. En ville, il n'aurait pas fait de mal à une mouche. Je suis même sûr qu'il se laissait marcher sur les pieds dans les bars d'Elbeuf où il traînait volontiers, après le travail. Il était comme les immigrés, souvent. Il ne voulait pas retourner dans son pays. Il redoutait de se faire remarquer, qu'on lui confisque sa carte de travail et qu'on l'expulse aux États-Unis d'Amérique, sa mère patrie, pour laquelle sa détestation était à la mesure de ma vénération.

À la maison, en revanche, un rien l'énervait. Particulièrement quand il revenait beurré. Il n'avait pas le vin gai, c'était le moins qu'on puisse dire. La disparition d'un tournevis pouvait prendre des dimensions sismiques et les murs tremblaient jusqu'à ce qu'il le retrouve à l'endroit où il l'avait laissé la veille. Pareil s'il découvrait qu'un outil, une bêche ou une faucille, restait à rouiller dehors, sous la pluie, une spécialité familiale. À table, il se mettait en campagne pour une vétille, une mimique ambiguë ou un sourire furtif, et les coups pleuvaient comme les obus à la bataille de Gravelotte. Il fallait souvent ramasser des blessés, après le dîner.

C'est pourquoi j'avais les dîners en horreur, à la maison. Les nuits aussi, car papa attendait souvent l'extinction des feux pour casser la gueule à maman. Parfois, il hurlait des gros mots, en la cognant. D'autres fois, il se contentait de beugler. Il y avait des bruits de bousculade, de meubles qu'on déplace, de portes qui claquent, mais j'ai rarement entendu ma mère se plaindre quand elle recevait ses volées. Parfois, elle poussait des piaulements plus ou moins étouffés, qui me percent encore les oreilles, cinquante ans plus tard. Mais la plupart du temps, afin de ne pas réveiller les enfants, elle gardait ses cris pour elle, au fond du ventre, où ils nourrissaient un cancer qui attendait son heure.

Ces nuits-là, je restais dans mon lit, le cœur battant, le sang glacé, en tremblant comme une feuille. Je mourais. Je crois que l'on meurt toujours un peu quand on entend sa mère se faire battre. J'ai passé une partie de mon enfance à mourir, une partie seulement. Pendant l'autre, bien sûr, je ressuscitais.

2

Je ne saurais dire quel âge j'avais, quatre ou cinq ans, peut-être plus, mais je me souviens qu'il pleuvait des cordes et que mes deux frères n'étaient pas encore nés. C'était une nuit d'été, en Italie, du côté de Venise où mon père aimait passer les vacances. Nous nous trouvions, papa, maman, mes sœurs et moi, dans la 4 CV familiale. Ma mère lisait une carte routière, une lampe de poche à la main, pour indiquer le chemin à mon père, que le mauvais temps avait mis de méchante humeur.

« Où est-ce que tu nous emmènes ? hurla papa, tout d'un coup. On est déjà passés par là.

— Je ne crois pas.

— Tu nous fais tourner en rond. Tu ne reconnais pas le carrefour ? »

Il arrêta la voiture sur le bas-côté et arracha la carte routière puis la lampe de poche des mains de maman. Il se concentra un long moment en soupirant bruyamment, parce qu'il ne faisait jamais les choses à moitié, avant de laisser tomber :

« Tu t'es encore trompée. Tu ne sais même pas lire une carte.

— C'est toi qui ne sais pas suivre mes instructions. »

Pour cette insolence, maman reçut une première taloche qui l'envoya dinguer contre la vitre de la portière. Papa ne savait pas contrôler sa force. Il se laissait toujours dépasser. Ses gifles étaient comme des coups de poing.

Ma mère, malgré le masochisme sulpicien qui la rongeait et dont je reparlerai, pouvait avoir du répondant. Elle murmura, en gardant son calme, ce qui aggrava son cas :

« Si tu crois que c'est comme ça que tu retrouveras ton chemin, mon pauvre vieux... »

Elle récolta une nouvelle taloche, bien plus puissante, à en juger par le bruit qu'elle fit. Un bruit mat, celui que produit la viande rouge quand le boucher la jette sur la table de travail, pour la découper. Maman ne se le tint pas pour dit.

« Sale bête ! » cria-t-elle.

Troisième taloche, même bruit mat. Mais cette fois, maman se rebiffa. Son masochisme avait des limites. Elle se jeta sur papa en couinant et en tambourinant contre sa poitrine, comme un enfant en colère. J'avais toujours très peur quand ma mère résistait comme ça. Elle n'était pas à la hauteur.

Si ma mémoire est bonne, et je crois qu'elle l'est, s'agissant du moins de cet événement, ma mère ne reprocha pas à mon père, ce soir-là, de la battre devant les enfants, comme elle l'avait souvent fait, dans le passé. Je suis même sûr que ça ne lui traversa pas l'esprit. À l'époque, nous commencions à nous habituer aux crises de papa.

Chez lui, le muscle passait en premier. Le muscle de la main, pour être précis. La tête suivait. Il ne fallait surtout pas chercher mon père. Il ne répondait plus de rien. Pour une broutille, il aurait pu tuer ma mère sans le faire exprès, d'un coup de poing mal placé. Voilà pourquoi il était de mon devoir d'aîné de l'assassiner avant qu'il ne commette l'irréparable.

Je ne faisais pas encore le poids mais j'attendais mon heure, pour être en mesure d'accomplir mon destin. Au couteau, à la hache ou au maillet, je n'avais pas encore choisi l'instrument. N'importe comment, je savais déjà que mon père souffrirait mille morts et même davantage.

C'est ce que je me disais, cette nuit-là, sur le siège arrière de la 4 CV, en faisant la lippe, pendant que papa moulait maman de coups. Il la frappait en soufflant très fort avec le grognement caractéristique du bûcheron accompa-

16

gnant la cognée. Il s'appliquait, car il ne prenait rien à la légère, et surtout pas les dérouillées.

Maman pleurait, toute recroquevillée sur elle-même, en se protégeant la tête avec les bras. Elle pleurait sans ostentation, sous la grêle des torgnoles, en attendant que ça passe. Des années plus tard, à la lecture de l'Ecclésiaste, je compris la philosophie de ma mère pour qui il y avait un temps pour tout, pour déchirer, pour recoudre, pour aimer, pour haïr. Car rien jamais ne dure sous le soleil. Ni le bonheur ni le malheur. Je sus alors qu'elle était bien plus forte que lui.

Il va sans dire que nous pleurions aussi, mes sœurs et moi. Mon père qui, d'ordinaire, ne souffrait pas les sanglots des enfants, nous laissait toujours bêler notre soûl quand il battait maman. Je pensais, à l'époque, qu'il était trop occupé à la corriger pour nous demander de nous taire. J'ai fini par considérer, depuis, que c'était sa manière à lui de nous donner raison.

Papa avait éteint la lampe de poche, sans doute pour ne pas en user la pile, pendant qu'il donnait son compte à maman. Je ne voyais rien dans la pénombre, mais je me rappelle qu'à un moment donné, mon père attrapa le nez de ma mère et le tordit, à moins qu'il ne l'ait écrasé, encore qu'en l'espèce, les dégâts eussent été visibles, le lendemain matin, ce qui ne fut pas le cas.

« Sale bête ! cria-t-elle encore, car c'était son insulte préférée. Tu m'as cassé le nez !

— Ça t'apprendra.

— Tu te débrouilleras tout seul, maintenant. »

C'était la chose à ne pas dire. Mais contre toute attente, papa décida d'arrêter les frais. Il fit celui qui n'avait rien entendu et reprit la route sans piper mot.

Il pleuvait toujours quand, tard dans la nuit, nous arrivâmes à destination. Un camping de deuxième catégorie comme tous ceux où nous passions nos vacances, au milieu des odeurs de savon et d'eaux usées. Papa trouva judicieux de ne pas monter la tente, sous les hallebardes, et nous dormîmes tous les cinq dans la voiture, mélangés les uns aux autres, dans le silence qui suit les tempêtes.

Le lendemain, papa se péta au Lambrusco et à l'asti spumante. Il avait honte. Mon père était quelqu'un que la honte submergeait toujours, après ses crises. Il ne regardait plus personne et pouvait rester des heures sans desserrer les dents. Ça tombait bien. On ne lui adressait plus la parole. Moi, j'avais une bonne raison de me taire. J'étais trop occupé à me repasser sans arrêt le film de la dispute et à préparer mes représailles. C'est la nuit suivante, je crois, que, pour la dernière fois de ma vie, j'ai fait pipi au lit.

3

L'air était très lourd, dans notre maison du bord de Seine, à Saint-Aubin-lès-Elbeuf. Il y régnait une violence qui vous écrasait, du moins quand mon père était là. C'est sûrement la raison pour laquelle je pris la mauvaise habitude de respirer à l'économie, par petites goulées, comme un asthmatique.

Aujourd'hui encore, il m'arrive d'oublier de respirer. Je passe mon tour. Je vis ainsi entre deux apnées, plus ou moins. N'étaient les points de côté ou les sensations de suffocation qui, de temps en temps, me rappellent à l'ordre, je crois que je serais mort depuis longtemps d'asphyxie.

Souvent, ma mère nous envoyait chez ses parents, à deux kilomètres de là, pour décompresser un peu. Ils habitaient un immense appartement au-dessus de l'imprimerie Allain, du nom de mon grand-père, un patron austère, le cheveu rare et lissé en arrière, les lunettes sévères, la moustache carrée, qui travaillait sans cesse et, comme pour s'en excuser, couvrait sa descendance de cadeaux.

La plupart du temps, la générosité n'est que le déguisement de l'indifférence, une façon d'acheter sa tranquillité. Ça ne pouvait s'appliquer à papi, comme on l'appelait. Il avait une vraie bonté dans le regard et le sourire, une espèce d'ironie douce et attentive qui lui échappait, car il cherchait avant tout à donner de sa personne, même en famille, l'image d'une raideur intraitable.

J'adorais papi. Il y avait chez lui quelque chose de pathétique à vouloir que ses vingt petits-enfants passent toujours une partie de leurs vacances d'été ensemble, avec leurs mères, dans une maison qu'il louait pour eux en Normandie ou en Bretagne. Ou à organiser des repas interminables où se retrouvaient, en plus de la famille, les pièces rapportées aussi bien que les cousins issus de germains. Il pouvait avoir l'air de rechercher, ainsi, une sorte de postérité. Mais il était bien trop orgueilleux pour être vaniteux.

Il pressentait sans doute qu'un grand séisme, sa mort ou autre chose, dévasterait, un jour, tout ce qu'il avait patiemment construit au fil des ans. L'imprimerie, la famille, la dynastie. Il lisait trop les Anciens, Plutarque ou Platon, pour nourrir l'illusion de laisser une trace quelconque ici-bas. Il ne croyait pas plus en Dieu qu'en l'avenir. Ses enfants le découvrirent d'ailleurs avec une certaine consternation en prenant connaissance de son testament où il se disait chrétien mais pas croyant et demandait qu'on l'enterre en secret, à la tombée du soir. Il voulait passer directement de la maison au cimetière.

Jusque-là, papi s'était toujours révélé un paroissien modèle, grand consommateur d'hosties. Je compris ainsi qu'avant leur mort, on ne sait jamais grand-chose des gens, même de son propre grand-père. Une fois montés sur la scène de la vie, ils continuent souvent de jouer, jusqu'à la dernière tirade, des personnages auxquels ils ne croient plus. Ne voulant pas faire scandale, il avait laissé ses héritiers juges d'exécuter ou non ses instructions. Ils mirent, bien sûr, un mouchoir dessus.

J'ai parlé de la bonté de papi. Mais si sociable qu'il fût, il ne supportait pas que son autorité fût mise en question par qui que ce soit. Ni par les syndicalistes CGT qu'il virait sans ménagement. Ni par mon père qui travaillait dans son imprimerie, au « bureau de dessin », comme on disait. Je ne crois pas que papi ait abusé de sa position pour humilier son gendre, mais papa avait la contestation dans le sang, une contestation entretenue par sa passion pour des écrivains américains comme Upton Sinclair, John Dos Passos et John Steinbeck.

Papa n'était pas marxiste. Il vouait même une haine sans merci aux communistes et à leurs compagnons de route qu'il accusait de semer la mort partout où ils passaient. Je l'ai entendu dire un jour qu'il craignait pour sa vie s'ils devaient arriver au pouvoir en France à la faveur de l'invasion du pays par l'Union soviétique. Une hypothèse qu'il envisageait d'ailleurs sérieusement. Mais en même temps, il abominait par-dessus tout les patrons ou tous ceux qui, comme mon grand-père, d'après lui, se croyaient — et c'était une de ses expressions favorites — « sortis de la cuisse de Jupiter ».

Mon grand-père n'a sûrement jamais imaginé à quel point papa le détestait, qui, comme à son habitude, n'éructait contre lui que dans son dos, c'est-à-dire devant sa femme et ses enfants. Papa l'accusait de tout. De cupidité, d'avarice, de tyrannie, de mesquinerie. Pour ne rien arranger, il en était jaloux. Il ne souffrait pas la complicité entre papi et ma mère qui échangeaient sans arrêt des choses ensemble. Des livres, des journaux, des sourires ou des confidences à voix basse.

C'est sans doute la raison pour laquelle il s'entendait si bien avec ma grand-mère maternelle. Ils communiaient tous les deux, je crois, dans la même détestation de papi. Dans la même passion de la musique aussi. Premier prix du conservatoire de Paris, mamie m'arrachait des larmes quand elle jouait, avec une force inouïe, Bach ou

Dupré, son grand ami, à l'orgue des églises d'Elbeuf.

Mais elle faisait tout pour tüer l'artiste en elle. Sauf quand elle était à l'orgue, une ou deux fois par mois, il ne restait plus grand-chose de la musicienne que papi avait cru épouser, lui le romantique qu'embrasa dès qu'il la vit cette jeune fille au regard triste et globuleux dont le père aveugle était accordeur de piano. Il lui proposa de répondre en musique à sa demande en mariage. Si c'était oui, il faudrait qu'elle joue une fugue de Bach, à la messe du dimanche. Elle joua la fugue de Bach.

Les années passant, mamie se laissa submerger par le masochisme, cette maladie familiale. Drôle, vive et cultivée, le cœur sur la main, un cœur de pélican, elle était sujette à des emballements absurdes, pour des marques de lessive ou des gens insipides. Elle répétait le même genre de phrases, des journées entières. Par exemple, à propos d'un de ses petits-enfants : « C'est effrayant, ce qu'il est mignon. » Elle limitait le périmètre de sa conversation aux bébés, aux habits, aux aspirateurs et aux produits d'entretien, en gardant néanmoins, jusqu'à sa dernière goutte de vie, chaque fois qu'elle s'installait devant ses touches, la même magie au bout des doigts. Papi prit une maîtresse à Paris et l'aima passionnément. Il fuyait régulièrement en Italie, où il passait toujours ses vacances avec elle, du côté du lac de Côme. Il nous envoyait des cartes postales avec ses « gros baisers ».

Mamie lui faisait souvent des scènes de jalousie. Je l'ai même vue rouer de coups mon grand-père, un dimanche soir qu'il rentrait à pas de loup, sans avoir allumé la lumière, deux grosses valises à la main. Elle l'attendait en bas de l'escalier.

Quand papa battait maman, c'était aussi papi qu'il battait, j'ai fini par le comprendre. Quand nous rentrions de nos séjours chez les grands-parents maternels, il nous corrigeait souvent sans raison, juste pour le principe. Sans doute avait-il lu dans nos yeux que leur monde nous fascinait. J'aimais tout chez eux. Les extases ensuées dans leurs baignoires géantes alors qu'il fallait, chez nous, grelotter de froid sous la douche. Les orgies de carrés aux pommes auxquelles nous invitait notre grand-père. La grande bibliothèque de sa chambre, avec la collection complète de la Pléiade. Les taquineries incessantes qu'il balançait d'une voix douce, l'œil bienveillant. Les prélèvements nocturnes que j'effectuais dans la boîte de lait concentré sucré qu'il gardait dans le réfrigérateur, pour son café du matin.

Un soir que nous rentrions, mes sœurs et moi, d'un séjour chez nos grands-parents, mon père nous ordonna de nous aligner devant lui, comme des soldats que leur capitaine passe en revue, et nous demanda d'une voix martiale :

« Alors, les enfants gâtés, on a eu la belle vie ? »

Nous ne répondîmes rien, pour ne pas l'exciter. Mais il s'échauffa tout seul :

« Vous croyez que c'est la vraie vie, ça, la vie de château chez les rupins qui pètent plus haut que leur cul ? Eh bien, vous vous fourrez le doigt dans l'œil ! »

Mon père avait un accent américain à couper au couteau. Le même qu'Eddy Constantine, acteur en vogue dans les années 50. Mais pour un étranger, il avait un vocabulaire très étendu, parlant même couramment l'argot, avec une sorte de trivialité voluptueuse.

« Votre grand-père, reprit-il, il ne se prend pas pour une merde, ce zigomar, avec son air d'avoir chié la colonne. Mais il a un trou de balle comme tout le monde, le pauvre con. »

Je ne sais plus trop quel fut mon crime, un haussement d'épaule ou une parole malheureuse. Le poing de mon père s'abattit sur moi. J'essayai de l'éviter, mais il m'expédia dans le buffet qui se trouvait juste derrière moi. Une clé sur l'une des portes m'ouvrit l'arcade sourcilière. J'en ai gardé, depuis, une grosse cicatrice.

Je me souviens encore de la tête de papa, après. Il avait l'air bien embêté, tandis que maman essayait d'éponger le sang qui pissait partout. Je ne crois pas l'avoir dénoncé au médecin qui mit les points de suture, mais, pendant longtemps, j'exhibai fièrement ma plaie du sourcil, comme un vrai souvenir de guerre.

Je ne l'avais sûrement pas volée, ma punition : à défaut de tuer papa, je le blessais souvent. À son corps défendant, il m'apprit que l'ironie peut faire plus de mal que l'injure ou les coups. Mes seules armes étaient les railleries que je lui jetais à la figure, parfois au beau milieu d'un repas, avant de prendre mes jambes à mon cou. Quand il me courait après, il me rattrapait toujours. Mais pour le provoquer, j'attendais généralement la fin du repas, quand le vin l'avait abruti. Il se levait, avec un affreux bruit de chaise, avant de se rasseoir en m'injuriant ou en fustigeant ce qu'il appelait « mon air supérieur ». À juste titre. J'ai passé mon enfance à le mépriser.

4

C'est grâce à mon père que j'ai appris à vivre dehors, par tous les temps, au milieu des bêtes, des arbres et des plantes. Ne supportant pas sa présence à la maison, je passai souvent des journées entières dans la nature, à me mêler au grand frisson qui va et vient sur le monde.

Le quai d'Orival, où nous habitions, à Saint-Aubin-lès-Elbeuf, épousait la courbure de la Seine. À la belle saison, il semblait noyé sous le flot des arbres, des buissons et des ronces qui tentaient de s'arracher de la terre pour monter au ciel avant de retomber de leurs épuisantes volées, le feuillage luisant de pluie, de rosée ou de bave d'escargot. Tout, là-bas, sentait la vase et l'amour. Même les gens.

Bien plus tard, j'ai souvent retrouvé cette odeur, au fond des lits ou dans des forêts humides. L'odeur de la joie du monde. Même quand il pleuvait à verse ou que les ramures des arbres étaient ébouriffées de gel, je sentais cette joie sous la terre des bords de Seine, une joie qui ne demandait qu'à jaillir, au premier soleil, et qui, le jour venu, gonflerait les herbes, renverserait les pierres et coulerait jusqu'à moi.

Cette joie enchanta mon enfance. J'étais tout en même temps. Les oiseaux qui trillaient, les fourmis qui ruisselaient de leurs cratères, les garennes qui dansaient sous les ronces, les graines qui craquetaient de bonheur, le vent qui caressait les cheveux des saules. J'étais aussi la Seine qui se la coulait douce, en dormant à moitié, huit mois sur douze.

Je n'eus jamais à chercher Dieu. Il était partout, dans cette joie. Il me semblait que j'étais accompagné : quelqu'un vivait en moi, qui me dépassait, me jugeait et me protégeait. Parfois, en pleine journée, à cause du vent, du ciel ou d'un sourire, un élan m'emportait. C'était lui qui m'appelait, je le savais. Il ne me parlait jamais, même quand je m'adressais à lui. Mais je sentais toujours sa présence. Ainsi, le jour où ma mère m'emmena à ma première leçon de catéchisme, j'étais déjà très croyant.

Les cours étaient donnés par le curé de la paroisse, un gros poupard qui suait la bonté, l'abbé Mïus. Il n'eut pas de mal à faire de moi un catholique. Dieu était pour moi une évidence, qui me crevait les yeux. Je suis sûr que j'avais déjà la foi, dans le ventre de ma mère. La foi du fœtus, une foi primale et animale, que ma mère m'avait transmise, elle qui avait, quand elle parlait du Christ, le regard extasié des carmélites.

Sans doute aimait-elle trop le sexe pour avoir jamais été tentée d'entrer dans les ordres. Mais n'eût été le vœu de chasteté, je l'aurais volontiers imaginée prendre le voile et passer sa vie, un psautier à la main, à prier le Seigneur. Elle qui n'arrêtait pas de se mortifier, supportait mal, je crois, que le Christ fût un homme. J'exagère à peine si j'écris qu'elle se serait damnée pour qu'on lui perce les mains de clous. Faute de mieux, elle se les plantait elle-même, à petits coups, avec l'expression extatique de ceux qui adorent que la chair leur cuise. Ça lui faisait du bien de se faire mal.

Anticlérical à la manière de Nietzsche, mon père se moquait sans cesse de la piété ostentatoire de maman. Elle aimait bien, il est vrai, exhiber ses stigmates. Un coup, c'était le bleu des cernes, après des journées interminables, entre les couches, le linge sale et les cris d'enfants. Une autre fois, le vert laissé par les trempes que lui avait passées papa. Souvent, pour être désagréable, il la traitait de sainte et il me semble que le mot lui convenait assez bien.

Marie-Berthe, dite Mabé, sainte et martyre. Son grand bonheur aurait été qu'on la décapite, l'éventre, la découpe et l'éparpille. Elle se rattrapa comme elle put. Je la compris mieux quand, vers onze ans, je trouvai dans la bibliothèque, perdu entre deux gros livres, sans doute des Hugo ou des Balzac paternels, un opuscule de Simone Weil, *La Pesanteur et la Grâce.* Par beau temps, j'emmenais souvent ce livre avec moi, dans mes pérégrinations au bord de la Seine, pour en lire quelques pages, au milieu de la beauté du monde. Ma mère en avait souligné des passages au crayon, comme papi aimait faire, lui aussi.

Grâce à Simone Weil, je découvris les vertus du détachement et du renoncement, que je voyais à l'œuvre tous les jours chez ma mère absorbant en silence les colères paternelles ou se servant la dernière à table, quand elle ne laissait pas sa part de gâteau à l'un de ses rapiats d'enfants. Depuis, il me semble que je m'abreuve à la même source qu'elle chaque fois que je relis les *Traités et Sermons* de Maître Eckhart, la *Vie écrite par elle-même* de sainte Thérèse d'Ávila ou les *Œuvres spirituelles* de saint Jean de la Croix.

Hormis *La Pesanteur et la Grâce,* je n'ai jamais vu aucun de ces livres à la maison, mais maman parlait comme eux, au mot près, et se conformait à chacun de leurs préceptes. Se trouver en se quittant soi-même. Renoncer à tout pour prendre possession de soi. S'abaisser sans cesse afin de s'élever jusqu'à Dieu.

Maman avait la religion du sacrifice et ne cessait de faire don de sa personne. À ses enfants, à ses élèves du lycée, aux voisins malades ou dans la peine. À tout le monde. Son abnégation frisait l'hystérie.

Des années plus tard, longtemps après la mort de maman, j'eus l'un des chocs de ma vie en lisant l'autobiographie de sainte Marguerite-Marie Alacoque. C'était ma mère qui me parlait. Avec ses mots, ses obsessions. Le cœur serré, je l'entendais, du fond de son sépulcre, à travers les paroles que chantait la religieuse, après son arrivée au monastère de la Visitation, à Paray-le-Monial, en 1671 :

> *Plus on contredit mon amour*
> *Plus cet unique bien m'enflamme*
> *Que l'on m'afflige nuit et jour*
> *On ne peut l'ôter à mon âme*
> *Plus je souffrirai de douleur*
> *Plus il m'unira à son cœur.*

C'est dans cette autobiographie que Marguerite-Marie raconte qu'un jour, ne souffrant plus sa petite nature dégoûtée par un rien, elle ne put se défendre de nettoyer le vomi d'une malade avec la langue, puis de le manger en disant à Dieu : « Si j'avais mille corps, mille amours, mille vies, je les immolerais pour vous être asservie. »

Une autre fois, alors qu'elle avait torché une malade atteinte de dysenterie, Marguerite-Marie ressentit une si forte répugnance qu'en partant verser le pot, elle décida de se punir et d'y tremper la langue, puis d'en remplir sa bouche. Elle prétend qu'elle l'aurait avalé si Dieu ne l'avait arrêtée.

Du maman tout craché. À la maison, c'était la préposée aux crottes et elle roulait toujours de grands yeux extasiés devant les colombins de ses enfants, au fond du pot. Il s'en fallait de peu qu'elle ne plonge son nez dedans. Je me suis laissé dire qu'à la Libération, elle n'avait pas été une infirmière très bégueule. Elle ne se faisait jamais prier, depuis, pour faire la toilette des malades ou des morts. Elle supportait fort bien, de surcroît, de vider le tonneau d'excréments de la tinette familiale. Ma mère adorait la merde, parce qu'elle adorait expier, pour tout, pour rien.

5

Relisant les pages qui précèdent, je me demande si je ne suis pas tombé dans le travers si souvent geignard des récits intimes. À quelques exceptions près, ils sont l'œuvre de vaniteux, de vaticinateurs ou de pleurnichards qui battent leur coulpe sur les poitrines des autres en racontant tout le mal qu'on leur a fait.

Moi aussi, j'ai fait du mal. Notamment à mon père. Comme je l'ai déjà dit, je ne lui ai quasiment jamais adressé la parole. Je lui ai même toujours tourné le dos, fût-il à terre. Longtemps après que ma mère, la première concernée, lui eut pardonné ses raclées d'antan, je refusai de l'acquitter et même de commuer la peine à laquelle je l'avais condamné : le silence à perpétuité. Bien trop accaparé par l'idée de me venger, je gardais sans cesse les dents serrées, le regard noir devant le sien qui, les derniers temps, demandait grâce.

Quand il souffrait de crises de lumbago et hurlait à la mort sur son lit de douleur, je ne suis pas monté une seule fois dans sa chambre pour lui proposer de l'aide. J'en rigolais en douce. Lorsqu'il fut licencié de l'imprimerie, vers la cinquantaine, et définitivement réduit au chômage, il n'eut pas droit à un geste de ma part. Ni même à un mot. Il était devenu invisible pour moi. Sauf, bien sûr, s'il s'agissait de le provoquer. J'adorais le rendre fou.

« Tu as donné à manger aux lapins ? grognait-il.

— Évidemment.

— Tu as fermé le cadenas de la barrière ?

— Évidemment.

— Tu te moques de moi ?

— Évidemment. »

« Évidemment » faisait partie des mots qu'il ne souffrait pas d'entendre, surtout dans ma bouche. Je le répétais donc aussi souvent que possible, sur un ton ironique. Il y répondait, quand j'étais petit, par des gnons ou des soufflets. Papa réfléchissait toujours avant de parler, jamais avant de frapper.

Mais rien n'y faisait, je n'aimais rien tant que le chercher. Je pris pour habitude d'adorer tout ce qu'il vomissait. L'art contemporain. Le cinéma américain. L'Église catholique. L'Algérie française. C'est pour lui déplaire, je l'ai compris plus tard, que je finis par m'adonner au journalisme qu'il considérait comme un métier d'aigris, qui se pratique le plus souvent couché.

Je n'osais dire à personne, surtout pas à moi-même, que je voulais devenir écrivain. J'avais donc trouvé des métiers de substitution. Vétérinaire, parce que j'adorais les bêtes. Avocat d'assises parce que, comme tous les grands timides, je rêvais, en plaidant, de m'exposer en public. Professeur d'université parce que, avec seulement quelques heures de cours par semaine, j'aurais pu laisser la bride au grand romancier qui, croyais-je, sommeillait en moi. Mais le jour où je découvris que la perspective de me voir journaliste rendait mon père très malheureux, je sus que j'avais trouvé ma voie.

Il tenta de me raisonner en me faisant observer que même les plus grands journalistes n'ont jamais rien laissé derrière eux, à part quelques bons mots. Il me décrivit une profession rongée par l'amertume. Pour lui, les journalistes étaient des parasites amnésiques qui se nourrissaient de la fiente des autres. Ils confondaient tout, de surcroît. L'accessoire et l'essentiel. Les héros, les faiseurs et les faisans. Les accidents de voiture et les grands cycles historiques. Mais plus papa me mettait en garde, plus il me donnait envie. J'adorais le peiner.

Malgré tout, il y eut toujours, jusqu'à sa mort, un jour de l'année où je faisais la paix avec mon père. Un jour où je ne lui voulais aucun mal parce qu'il n'était plus le même. C'était le jour de Noël où je baissais la garde devant son sourire et son regard, presque larmoyant, quand il nous observait défaire nos paquets, au pied du sapin.

Papa nous battait beaucoup, ma mère, mes sœurs et moi. Mais il nous gâtait mêmement. Plus j'y pense, plus je regrette de ne l'avoir pas aidé à creuser et à fouiller au-dedans de lui pour en sortir cette bonté qu'il s'appliqua toute sa vie à dissimuler, comme un vilain péché, et qui nous sautait littéralement à la figure tous les ans, à Noël.

Cette bonne nature réapparaissait encore en quelques circonstances très précises. Les anniversaires. Les retrouvailles avec ses parents qui traversaient chaque année l'Atlantique pour nous rendre visite. Les services qu'il rendait aux voisins dans le besoin. Les conversations qu'il avait avec les animaux.

Si bizarre que cela puisse paraître, mon père était incapable de tuer une bête. La seule fois qu'il essaya fut une véritable catastrophe. C'était un gros coq qui jouait les terreurs du quartier. Papa décida de lui couper la tête comme on le faisait dans la ferme du Middle West où il avait passé, dans sa jeunesse, un été dont il parlait souvent. La décapitation américaine était, à l'en croire, une méthode moins douloureuse, autrement dit plus civilisée, que la saignée française qui, le dimanche matin, se traduisait en effet par des piaulements affreux, les cris des peines éternelles, dans les poulaillers alentour.

J'étais au spectacle, le cœur tremblant, à quelques pas du lieu d'exécution. J'avais quatre ou cinq ans et la mort m'intéressait. Je ne fus pas déçu. La hache tomba bien sur le cou de la bête, mais il semble que l'émotion avait fait perdre à mon père un peu de sa force herculéenne, à moins que la trajectoire de la lame n'ait dévié pour quelque obscure raison. Le coq s'enfuit en criant et en battant des ailes mais, il est vrai, sans se pousser du col, comme à son habitude. On le chercha longtemps dans les hautes herbes où il avait disparu. Quand on le retrouva, il était presque mort et poussa un dernier soupir sur la route de la cuisine. Je me souviens qu'une fois plumé, il avait la peau bleue, comme les cadavres qui ont beaucoup souffert.

Mon père ne mangea pas de coq, moi non plus. Pas à cause de la peau bleue, mais parce que cette longue agonie nous avait coupé l'appétit. C'est ce jour-là qu'il décida que maman tuerait les bêtes, désormais.

6

C'était ce qu'on appelle un beau garçon. Les épaules larges, une bouche à baiser et des cheveux roux bouclés. Il portait des chemises américaines qu'il ouvrait jusqu'au troisième bouton, sur sa poitrine hâlée. Il avait dans les dix-huit ans, peut-être plus. Je me souviens qu'il sentait l'herbe mouillée, sans doute parce qu'il s'y allongeait souvent, pour regarder le ciel, une tige de bouton-d'or entre les lèvres.

Quand il ne regardait pas le ciel, il s'asseyait sur une pierre au bord de la Seine, et pouvait rester des heures à l'observer dérouler son interminable corps sombre. À part ça, il ne faisait pas grand-chose. Il habitait un baraquement avec ses parents, à côté de notre maison, et s'appliquait à y passer le moins de temps possible. Il me semble qu'il était, comme moi, en délicatesse avec son père.

Je ne me rappelle plus son prénom. C'est normal. J'ai longtemps cherché à effacer de ma mémoire ce chapitre de mon enfance. Je croyais l'avoir enfoui dans les profondeurs d'où les souvenirs ne reviennent jamais. Mais il a suffi que je me concentre un peu, avant d'écrire ces lignes, pour que toutes les images remontent à la surface. Les images, pas les mots.

Un jour, il m'invita à faire un tour avec lui. Il voulait me montrer quelque chose, derrière le verger de mes parents. Il ne pouvait pas me dire quoi. Ce serait une surprise. Je le suivis volontiers. Il m'inspirait confiance car nous étions du même monde, celui du vent, des ronces et des berges de la Seine : l'un comme l'autre, la nature nous passait à travers. Je me sentais bien, de surcroît, sous son regard qui me caressait. J'aimais déjà qu'on m'aime et j'avais compris qu'il m'aimait beaucoup.

Il faisait beau et la chair herbeuse de la terre tremblait de plaisir sous les rayons du soleil qui piochaient dedans. La Normandie est très sensuelle. Surtout l'été. Souvent, quand elle dore son grand corps humide, elle sent l'amour. Ce n'est pas étonnant. Elle en déborde.

Le garçon que j'ai dit débordait mêmement d'amour. D'amour pour moi. Au lieu de m'en inquiéter, comme la jeune fille qu'on emmène au bois, j'étais au septième ciel, souriant au monde et répondant par des minauderies à ses effleurements. Il trouva une place, sous un bouquet d'arbres, et me proposa de m'asseoir avec lui avant de se relever, soudain, sous prétexte que l'endroit ne lui convenait pas. Nous nous installâmes un peu plus loin, à l'écart du chemin, dans un renfoncement cerné par les ronces. Il baissa son pantalon et me montra la surprise.

On aurait dit un serpent prêt à bondir sur sa proie, avec une grosse tête écarlate et une petite bouche sans lèvres, qui criait famine. C'est moi qu'elle voulait manger, je le compris tout de suite. Ça ne me disait rien qui vaille. Je serrai les dents, en essayant de garder mon sourire.

Quand il me demanda de sucer la chose, je me contentai de secouer la tête, et encore, pas trop, afin de ne pas le contrarier parce qu'il n'était pas dans son état normal. Ses mains tremblaient. Ses lèvres et ses paupières aussi. Je savais déjà qu'il faut se méfier des gens qui tremblent.

Il sortit un bonbon de sa poche et me proposa un marché. Si j'acceptais de me laisser fourrer la chose dans la bouche, j'en aurais un. Peut-être même plusieurs. À moins qu'il ne me donne, il était prêt à cette extrémité, le paquet tout entier. Mais il fallait que je collabore.

Je faisais semblant d'hésiter parce que j'avais peur. Mon cœur battait comme un poing contre les parois de ma poitrine et je gardais les dents serrées, malgré le bonbon à la menthe qu'il tendait vers moi pour me tenter. Je me souviens très

40

bien de ce bonbon. Il était transparent, légèrement bleuté, dans un emballage froissé.

J'avais un mauvais pressentiment. À cause du gros silex qui gisait à côté de lui. Je craignais, à tout instant, qu'il ne le prenne pour m'écraser la tête. Son expression méchante, que je retrouverai plus tard chez certaines personnes avant l'amour, n'avait rien pour me rassurer.

Je ne m'offris pas à lui mais je ne me refusai point. Il se crut donc autorisé à se servir et n'eut droit pour la peine qu'à l'ombre de moi-même : sitôt la chose au contact de mes lèvres, je perdis conscience. Je ne saurais dire combien de temps je restai dans cet état. Mais j'imagine qu'il dut bien s'amuser avec moi, car quand je me réveillai, un moment plus tard, j'étais tout courbaturé, comme si des armées de sabots m'étaient passées dessus.

Je vis d'abord sa main. Il me caressait le visage avec la douceur de celui qui a eu son content d'amour. J'éprouvai tout de suite un sentiment de gratitude à son égard. Peut-être même ai-je ressenti l'envie de l'embrasser. Il ne m'avait pas tué et ne me tuerait plus. C'était tout ce qui m'importait. Je lui pardonnais tout pourvu qu'il me laissât la vie sauve. Ses yeux, de plus, continuaient de me dire tout son amour pour moi et je me sentais bien, sous ce regard.

Je m'évanouis de nouveau. Sans doute l'émotion de me retrouver vivant, contrairement à ce que j'avais prévu. Quand je repris mes esprits, quelques minutes plus tard, j'étais perché sur ses épaules, le cœur au bord des lèvres. Il marchait à grands pas dans les hautes herbes du verger et j'étais comme un navire sur la houle, un jour de tempête. Il me déposa à la porte de la maison et je n'eus pas le temps de dire trois mots à ma mère que j'avais déjà rendu mon quatre-heures et le reste sur le carrelage de la cuisine.

Peu après, quand mon père rentra du travail et qu'il apprit la nouvelle de la bouche de maman, en descendant de vélo, il poussa un cri affreux, un cri de l'autre monde qui résonne encore dans ma tête au moment où j'écris ces mots. On aurait dit que c'était lui qu'on venait de violer. Il courut au baraquement des voisins comme une bête furieuse. Il m'est souvent arrivé, depuis, de plaindre le pauvre garçon qui s'est fait casser la gueule par papa avant de passer, à ce qu'on m'a dit, quelque temps en prison.

Je dois à la vérité de dire que je n'étais pas si malheureux d'avoir été violé. Je devins du jour au lendemain un personnage important que précédait partout ce silence un peu lourd qui est une marque de respect et auquel on n'a droit qu'à un âge avancé. Je sus aussi, pour la première fois de ma vie, que mon père m'aimait bien plus qu'il ne voulait me le faire croire.

7

Même si je ne lui adressais jamais la parole, sauf cas exceptionnels, il arriva souvent à mon père d'essayer de me parler. Des années plus tard, par exemple, un jour que je sarclais les fraisiers du potager, il vint me rendre visite et, après m'avoir observé, l'air embêté, finit par me dire sur un ton faussement dégagé :

« Tu as une sale gueule en ce moment. »

Je ne répondis rien et continuai de sarcler en jetant de temps en temps un œil en biais dans sa direction.

« Tu es en train de te pourrir la santé », reprit-il.

Je fis celui qui ne comprenait pas de quoi il voulait parler et que rien n'empêcherait de terminer sa tâche. J'adorais désherber, quand les mains et les pieds se mélangent à la terre, qu'elle vous prend à la gorge avant de pénétrer en vous, par les lèvres ou les narines, on en est tout retourné. Ce jour-là, j'en suis sûr, je soufflais à pleine bouche une odeur humide de sperme, l'odeur de la terre normande quand on s'est donné à elle.

« Tu t'es vu ? » demanda mon père.

Non, bien sûr, il y avait longtemps que je ne m'étais pas regardé dans une glace. Sauf, parfois, pour percer un bouton d'acné, et encore, je me concentrais dessus, afin de n'avoir pas à contempler le reste : ce visage ahuri de pervers sexuel que je vomissais déjà. J'avais dans les quatorze ans et, depuis plusieurs mois, je me masturbais avec une rage qui me vidait l'esprit, creusait mes orbites, éteignait mes yeux et bouffissait leurs contours. Ça m'a marqué à jamais la figure. Je n'ai guère changé, depuis.

« Il faut se contrôler, dans la vie, dit papa. Ne jamais abuser de rien. Surtout pas des bonnes choses. »

Un petit sourire éclaira son visage. Je l'aurais bien tué mais je n'avais pas l'instrument idoine. Ma binette ne pouvait pas faire l'affaire et la bêche était trop loin. Je me contentai donc de hausser les sourcils.

« Allons, tu sais bien ce que je veux dire », insista-t-il.

Sur quoi, il tourna les talons et me laissa à mon sarclage. Je me vengeai sur les mauvaises herbes avec une fureur d'ange exterminateur.

J'attendis que maman sonne la cloche pour rentrer dîner. Elle battait toujours le rappel très tard, quand le ciel avait fini sa journée et baissait

44

sur le monde son rideau rose que maculaient, sur la ligne de l'horizon, d'affreuses traînées rouges.

Je mangeai vite, car j'étais pressé. J'avais hâte, en effet, de retrouver mon lit et mes mauvaises habitudes. Pendant le repas, j'évitai le regard de mon père plus qu'à l'ordinaire, mais après que j'eus débarrassé la table, il me prit à part :

« Tu m'inquiètes, tu sais. Je voudrais que tu fasses une pause, maintenant. Promis ? »

Je ne dis rien, bien décidé à ne pas entamer une conversation dont je ne serais pas sorti vivant. Je hochai juste la tête avec un air entendu. Il sembla rassuré.

Opiner n'est pas jurer. Sitôt couché, je repris donc, en toute bonne conscience, mon activité préférée.

Je sais qu'il est à la page de se gausser du docteur Tissot qui, au XVIIIe siècle, dans son célèbre livre, *L'onanisme*, mettait la jeunesse en garde contre les méfaits des plaisirs solitaires. Il est également recommandé de ricaner d'Emmanuel Kant qui, un peu plus tard, dans son *Traité de pédagogie*, écrivait que l'adolescent masturbateur « travaille à la ruine de ses forces physiques, se prépare une vieillesse précoce et mine aussi son esprit ». Permettez-moi de vous dire qu'ils sont tous les deux très au-dessous de la réalité.

Je peux témoigner. Certes, ça commençait toujours bien. Sitôt la lumière éteinte, je me retrouvais, sous mes draps, avec un plein bon Dieu de femmes. Elles attendaient leur tour à la queue leu leu, le sourire aux lèvres, et je les chevauchais au petit bonheur, les yeux fermés. Mais elles ne me laissaient jamais aucun répit. Quand je les avais toutes aimées, il fallait encore recommencer, et ainsi de suite, jusqu'à ce que le sommeil m'emporte. C'était tuant.

Je n'ai jamais compté mes éjaculations quotidiennes mais j'éprouvai plusieurs des symptômes décrits par le docteur Tissot. Une fatigue générale. Une barre dans les yeux. Parfois, des crampes dans les jambes et des coups de pioche dans le crâne. Un esprit de plus en plus embrouillé dont il me reste encore quelque chose aujourd'hui. En particulier, un sens de la repartie qui ne me permet de trouver les bonnes répliques qu'après plusieurs jours, ou semaines, de maturation.

Parfois, mes bourses étaient si dures que je prenais peur et leur accordais une journée ou deux de récupération. À cause du cancer qui me tournait autour, celui des testicules, puisque je devais être puni un jour par là où j'avais péché.

Mais ce cancer était comme la mort, souvent. Il ne faisait que passer. Il oubliait de s'arrêter.

8

Enfin, je rencontrai le grand amour. La femme de ma vie avait la vingtaine bien sonnée, de grandes boucles blondes, de gros seins de nourrice et une indulgence infinie dans son regard qui m'accompagnait partout, car j'avais toujours son visage en tête.

Aujourd'hui, il me suffit de fermer les paupières pour la revoir comme hier, avec ses yeux qui coulent leur lumière sur moi, ses lèvres qui se rendent sans un mot, son front qui vibre au vent de mon haleine, sa gorge qui se froisse sous ma paume.

Elle s'étalait, les bras ouverts, sur une pleine page de *Paris-Hollywood*. Un magazine porno que j'avais volé pour n'avoir pas à le régler au marchand de journaux qui, son torchon vendu, m'aurait sûrement dénoncé. À la police ou à mes parents.

J'ai passé une grande partie de mon enfance au-dessus de cette photo. Souvent, je la bécotais, pendant l'action, ou lui disais les mots des amants. Des promesses. Des professions de foi. Moi qui n'étais rien, avec elle, je devenais tout. C'était un gouffre où je me jetais sans arrêt pour m'élever, gonflé de tous les vents du monde.

Je lui dois le pire et le meilleur de mon adolescence. Mes migraines. Ma triste figure. Mes mauvaises notes. Mais aussi des ivresses qui m'emmenaient toujours plus haut et m'ouvraient des horizons sans fin.

Un jour papa frappa à la porte des toilettes alors que j'étais avec elle, en plein effort :

« Que fais-tu encore là-dedans ?

— Devine. Je suis constipé.

— Tu es là depuis une heure !

— Je n'en ai plus pour longtemps. »

Je tirai la chasse d'eau et, après avoir ouvert la fenêtre puis dissimulé mon *Paris-Hollywood* sous mon chandail, sortis tranquillement, l'air détaché. Il me regarda dans les yeux :

« Ne crois-tu pas qu'il serait temps que tu prennes une fille. Tu verras, c'est tellement mieux. »

Je l'observai avec une expression de consternation méprisante qui m'aurait valu une bonne trempe s'il n'avait été, ce jour-là, dans de bonnes dispositions. Merci du conseil, mon vieux, mais es-tu sûr que ça tourne bien dans ta tête ?

Contrairement à ce qu'il pensait, j'avais des filles. Je me rappelle leurs prénoms, elles se reconnaîtront. Béatrice, Véronique, Christine, Catherine, Marie-Laure, et j'en passe. À cette époque, je tombais tout le temps amoureux. Souvent même, plusieurs fois dans la même heure. Je ne savais plus où donner de la tête. Mais quand les femmes de ma vie s'approchaient de moi, jamais les mots ou les gestes ne venaient et mon pauvre engin rapetissait entre mes jambes. Tels étaient, chez moi, les effets de la passion.

Je me souviens de la formule de mon père, avant de refermer sur lui la porte des toilettes :

« Tu n'as que les rogatons du plaisir, mon gars. Le vrai plaisir, pour un homme, c'est de donner du plaisir à une femme. »

Avec l'air hagard du type qui vient de rater un avion, je ne pouvais, hélas, tromper personne. Un jour que j'étais allé à confesse, le curé de l'Immaculée Conception, l'une des églises d'Elbeuf, avait tenté de me tirer les vers du nez. Après que j'eus dévidé la liste de mes péchés, il me demanda avec cette suavité, si propice aux aveux :

« Est-ce que tu te touches ?

— Jamais. »

Je n'avais pas menti. Je ne me touchais jamais. Il me suffisait d'un rien pour faire venir la fruition. La photo que j'ai dite ou un visage de femme en tête. Une odeur, parfois. J'avais l'amour facile et frénétique.

Mes mauvaises habitudes ne m'empêchaient pas de me plonger de temps en temps dans les saintes Écritures, et je me souviens encore du malaise qui m'envahit quand, un jour, je découvris le passage du Lévitique, où Yahvé dit à Moïse que « celui qui a eu dans son corps un écoulement est impur ». Impurs aussi le lit où il s'est couché pour accomplir son forfait, la chaise sur laquelle il s'assoit. Si on a le malheur de toucher le masturbateur ou bien ses affaires, il est urgent, toujours selon Yahvé, de laver ses vêtements et de se baigner à grande eau, et encore, on reste impur jusqu'au soir.

Le masturbateur, lui, devra attendre sept jours pour commencer son travail de purification en lavant ses vêtements et en se baignant « tout entier » dans l'eau, avant d'offrir deux tourterelles ou deux pigeons au prêtre, pour l'expiation. Il me semblait que papa avait un fond chrétien, du moins biblique, pour avoir, à ce point, en horreur mon misérable passe-temps.

À force de répandre partout mon jus de cervelle, j'avais dépassé depuis longtemps les limites de l'impureté. Je puais l'alcôve pourrie et mes douches épisodiques n'y changeaient rien. Je crois que je ressemblais à ces chiens galeux et fourbes qui, en certaines saisons, bourriquent tout ce qui passe à leur portée. Sauf que je ne bourriquais personne. Je me sentais si sale, à l'intérieur, que je cessai de fréquenter les églises, à cette époque. Mais je continuais quand même à prier Dieu, le soir, pour ménager l'avenir.

9

L'amour dont je débordais était comme un torrent qui m'emmenait continuellement au ciel. Un jour, il me fallut bien redescendre sur terre.

Une petite excroissance dans le sein droit, à la hauteur du téton, en fut la raison. J'en perdis le sommeil plusieurs nuits de suite, n'osant parler à personne de ce mal qui me faisait craindre que ma vraie nature ne soit mise au jour. Il fallait en effet que je fusse androgyne pour être atteint d'un cancer qui, à ma connaissance, n'était réservé qu'aux femmes.

Il ne faisait aucun doute que je tournais mal. Mon corps se recouvrait de fourrure, comme celui de grandpa, mon grand-père paternel. Jusque sur le dos et les épaules. Je devenais la preuve vivante que l'homme descend du singe à poil long. J'aurais accepté ma condition si, dans le même temps, ma silhouette ne s'était féminisée. Je prenais des formes. Des seins, des cuisses, des fesses. Le tout, velu.

Je devenais, du coup, très pudique et, par exemple, ne quittais plus ma chemise à la plage. Un jour, lors de vacances bretonnes, mon cousin Éric s'exclama, en me surprenant nu dans la chambre que nous partagions :

« Mais tu as un vrai corps de femme ! »

Cette phrase me hanta longtemps. D'autant que j'avais souvent tendance, et c'est encore le cas aujourd'hui, à me comporter comme j'imaginais, sans doute un peu vite, qu'une femme se comportait. Je pissais assis sur la cuvette. J'aimais faire la cuisine. Je ne connaissais rien au football. Je pleurais au cinéma. Je me laissais marcher sur les pieds. Je lisais énormément.

Si je ne voulais pas devenir bientôt une de ces femmes à barbe qu'on exhibe dans les fêtes foraines, il me fallait réagir sans attendre. En finir avec la trique perpétuelle. Discipliner les désirs qui me bouffaient vivant. Consulter un spécialiste. Suivre un traitement.

Mais je ne savais pas comment procéder à des examens médicaux sans que mes parents soient au courant. Je redoutais que maman ne fût catastrophée d'apprendre qu'elle avait mis au monde un hermaphrodite. Elle aimait les hommes virils, à l'image de papa. Quant à mon père, je ne supportais pas l'idée qu'il puisse rigoler de mon état et me rappeler qu'il m'avait assez mis en garde contre les dangers que mes douteuses pratiques faisaient courir à mon équilibre hormonal.

Je manquais d'hormones, c'était ça. D'hormones mâles. Un jour, je m'étais laissé dire, par Dieu sait qui, que la farine de germe de blé pouvait aider le corps à en fabriquer. C'est à cette époque-là que je pris l'habitude d'engloutir deux ou trois bols quotidiens de Germalyne des moines de l'abbaye de Sept-Fons, tout en commençant à courir et à couper du bois.

Mon cancer se tassa.

À tout hasard, pour n'être pas pris en traître par la maladie, je décidai de travailler d'arrache-pied à mon œuvre complète. Peut-être étais-je condamné à mourir jeune comme Jeanne d'Arc, sainte Thérèse, Pic de La Mirandole, Franz Schubert, Théodore Géricault et tous les génies de ma trempe. Je ne pouvais prendre de risques. La postérité m'attendait.

Quarante ans et quelques pauvres livres plus tard, autant dire que la postérité s'est lassée de m'attendre. Mon cancer, lui, se porte assez bien. Mieux, en tout cas, que mon œuvre complète. Mais il n'a pas repris sur l'excroissance au sein que j'ai dite. Ni sur la protubérance d'une veinule de mon testicule gauche qui, à l'époque, m'inquiéta beaucoup. Pas davantage sur le kyste graisseux qui, au même moment, élut domicile sur ma nuque. Autant d'alertes qui en ce temps-là me terrifièrent et pourrirent mes nuits d'adolescent masturbateur.

Je ne sais ce qui l'a creusé, mais j'ai depuis lors

toujours le même vide en moi que rien ne comble jamais. Je ne sais pas m'arrêter de lire, de travailler, d'aimer ou de manger. Mes repas sont à peine commencés qu'ils se terminent déjà et je ressens, chaque fois que j'enfourne la dernière goulée, comme un atroce déchirement. Je suis comme quelqu'un à qui l'on retire toujours le pain de la bouche. Si j'étais riche, je crois que je mangerais tout le temps.

Cette boulimie, je l'ai héritée aussi de ma grand-mère américaine et paternelle, Frances, née Proudfoot. Il y a, dans chaque lignée, une branche qui prend l'ascendant sur les autres et impose à toute la descendance sa physionomie ou ses traits de caractère. Tels étaient les Proudfoot. Ils digéraient et remodelaient à leur façon toutes les familles qui avaient le malheur de s'allier à eux. Comme mes frères et sœurs, à une exception près, j'ai de grandma le cul bas, la démarche chaloupée, des grandes dents et la bouche charnue que je me suis longtemps efforcé d'affiner, sur les conseils de mon grand-père.

Il disait qu'on est responsable de son visage et me recommandait, « pour le sculpter », de presser régulièrement mon nez entre deux doigts, méthode que j'utilise encore aujourd'hui. C'était sa façon à lui de lutter contre la toute-puissance des Proudfoot qui, avec leurs voix fortes et leur sans-gêne, l'avaient toujours horripilé.

À en croire la légende familiale, les Proudfoot étaient arrivés aux États-Unis sur le *Mayflower*. Des Américains de la première heure, ils gardaient la bestialité faussement aristocratique. De là à les supposer mâtinés d'Indiens, il y avait un pas que grandpa franchissait volontiers, au grand désespoir de grandma dont la dégaine, tête penchée et bras ballants, lui donnait des allures d'Iroquoise.

Les Proudfoot ne se mouchaient pas du coude. Ils aimaient l'argent, les arts et la vieille Europe. Ils avaient des tripotées d'usines, d'enfants et de résidences secondaires. Yankees, ils abominaient le Sud, même un siècle après que furent éteints les derniers feux de la guerre de Sécession.

Chaque fois que grandma essayait de la ramener avec son arbre généalogique où figuraient, paraît-il, Winston Churchill et Andreas Hofer, l'aubergiste qui mena la résistance du Tyrol contre Napoléon, elle s'attirait les risées de papa et de son mari. C'était tout ce qu'elle avait trouvé pour se valoriser, la reine de la tarte aux pommes. Je me souviens de l'avoir vue pleurer à grosses larmes parce que mon père avait refusé avec grossièreté le livre qu'elle lui offrait, où était consignée la généalogie des Proudfoot, avec leurs armoiries.

« Tu peux le garder, lui avait-il dit. J'ai déjà tout ce qu'il faut comme papier-cul. »

Papa était au moins d'accord sur un point avec la Bible : « Tu es poussière et tu retourneras poussière. » Il remplaçait juste le mot poussière par le mot merde. Il prétendait que c'était plus parlant parce que la merde vit en nous et qu'elle nous donne, chaque jour, aux toilettes, un pressentiment complet de ce qui nous attend, tôt ou tard. Elle ne ment jamais, disait-il : on a beau l'affubler de titres, de blasons ou de médailles, elle reste toujours de la merde.

« Je ne reconnais plus ton pauvre père, sanglotait grandma en me serrant dans ses bras. C'était un garçon tendre et drôle quand il est parti à la guerre. Une crème d'homme. Il en est revenu sombre et coléreux. Toujours à broyer du noir. La guerre m'en a fait quelqu'un d'autre. »

Pour être plus précis, ce n'était pas toute la guerre qui l'avait changé à ce point-là, mais, je crois, une seule journée : celle du 6 juin 1944.

10

La vérité de l'héroïsme, c'est d'abord son odeur. Le 6 juin 1944, jour du débarquement allié sur les côtes normandes, papa sentait le vomi. Il en avait partout, sur les mains, les manches et même dans le cou. Il venait de passer des heures, sur son bateau, à rendre tripes et boyaux dans son casque. On lui avait dit que c'était à cause du mal de mer. Mais il savait bien que c'était la faute au mal de guerre.

Il n'aimait ni la mer ni la guerre, papa. Et il se trouvait dans les deux en même temps. Le vent hurlait, un hurlement de gouffre, et le ciel tremblait de peur sous les coups de canon quand mon père descendit de son bateau, par les filets d'assaut, dans le chaland d'embarquement. Je souris rien que de l'imaginer, lui si pataud, avec tout son barda. Le gilet pneumatique, le masque à gaz, les armes et les rations. Sans parler, même si c'était plus léger, bien sûr, des préservatifs de rigueur. J'imagine aussi son rictus quand le gradé de service hurlait dans les haut-parleurs du navire qu'il quittait, avec ses camarades :

« Que Dieu vous bénisse !... Rentrez-leur dedans !... Nous mourrons sur le sable de notre France chérie, mais nous ne retournerons pas !... Notre Père qui êtes aux cieux, que votre nom soit sanctifié... »

Quand il mit le pied sur le chaland d'embarquement où de pauvres gisants, bouffés par le mal de mer et déjà plus morts que vivants, se laissaient recouvrir par les vagues, je suis sûr que papa n'aimait plus personne. Sûrement plus lui-même, déshonoré qu'il se sentait d'éprouver une telle frousse. Encore moins le général Omar Bradley, son chef et sa tête de Turc, qui suivait le déroulement des opérations de loin, sur son navire amiral, des boules de coton dans les oreilles, pour que, surtout, ses tympans ne soient pas abîmés.

Ça secouait beaucoup dans le chaland d'embarquement, et il est probable que papa dégobilla un peu de bile et de salive, s'il lui en restait encore, avant de sauter dans la mer pour faire les derniers mètres à pied.

La mer était rouge. Une des rares choses qu'il m'ait dites lui-même sur sa guerre est qu'il a marché vers le rivage, sous le feu de l'ennemi, dans une eau de sang. Il avançait comme tous les autres, en grelottant jusque dans la moelle des os, la bouche ouverte, l'œil éteint et l'expression d'étonnement stupide de certains morts sur leur lit. C'est à ce moment-là qu'il a dû faire dans son froc, une autre confidence qu'il m'a glissée le soir où nous avions décidé, maman et moi, d'aller voir, en dépit de ses objurgations, *Le Jour le plus long* de Darryl F. Zanuck au Studio-Venise, à Elbeuf. Alors que nous étions sur le pas de la porte, il avait tenté, une dernière fois, de nous dissuader :

« On ne devrait pas avoir le droit de montrer le débarquement au cinéma. C'est indécent.

— Mais c'est de l'Histoire, dis-je. Presque de l'Histoire ancienne.

— Non, c'est du blasphème envers tous ceux qui sont morts au combat. Un film ne dira jamais la vérité : pendant le débarquement, on se chiait et on se pissait dessus de trouille. Oui, tous. Moi le premier. »

Les morts relâchant leurs sphincters après leur dernier souffle, j'ai compris, ce soir-là, que mon père était mort, le jour du débarquement. Bien sûr, ça ne l'empêchait pas de vivre. Mais mourir n'a jamais empêché personne de vivre.

Le 6 juin 1944, le monde n'était plus qu'un grand fracas. Papa était assailli de tous côtés par le bruit des rafales, des bombes et du vent qui gueulait ses injures. Sans oublier les cris des blessés. Couchés ou accroupis, dans l'eau ou sur le sable, ils appelaient au secours mais n'intéressaient plus personne.

Papa est revenu à moitié sourd de la guerre. À cause, disait-il, du bruit des obus, pendant le débarquement. Je crois plutôt que c'est à cause des hurlements de ses camarades blessés, qu'il a laissés derrière lui, et qui, des années après, lui crevaient encore les tympans. Il s'en voudrait toujours d'avoir suivi les ordres. De ne pas s'être arrêté. De ne pas s'être attendri.

Il ne désobéit qu'une fois. À peine descendu du chaland, mon père vit une main qui demandait de l'aide, au milieu des flots. Il alla dans sa direction et la prit. Mais il n'y avait rien au bout. Juste du jus de sang.

À d'autres que moi, il a raconté plusieurs histoires de ce genre. À ma mère, quand ils s'aimaient. À mon frère Jean-Christophe, son fils préféré, le seul de ses cinq enfants avec qui il ait eu de vraies conversations. À ses vieux copains de l'Art Institute, Ralph et Bob, qu'il revoyait à l'occasion et qui m'ont dit, eux aussi, qu'il n'avait plus été le même depuis le débarquement. Qu'il était resté toute sa vie en état de choc, à peine capable de sourire, blessé au vif de l'âme d'avoir survécu en laissant derrière lui les carcasses mourantes de tant d'amis.

Quand il arriva sur la plage, à Omaha Beach, il était dans les 9 h 30. Papa tomba d'abord sur un copain fermier du Nebraska, la tête pleine de gelée de groseille, avec deux grands yeux blancs plantés au milieu. Le copain geignait, à genoux, des phrases gluantes de sang où il était question de son enfant qui allait naître à l'automne et pour lequel il se faisait du souci. Mon père n'eut le temps que de lui jeter quelques bonnes paroles et dut passer son chemin. La guerre n'attend pas.

Un peu plus loin, il aperçut un autre ami, un pianiste juif de New York. Le malheureux recherchait frénétiquement dans le sable, sur trois pattes, le bras qui lui manquait. Mon père ne lui proposa pas de l'aider. C'était interdit et il avait trop à faire.

Ensuite, il vit un troisième camarade qui se tenait les boyaux à pleines mains, de peur de les perdre, en attendant des secours qui ne venaient pas. Ils étaient, ce jour-là, plus débordés encore que le Seigneur et ses saints réunis.

Pas question de ralentir. L'armée américaine tentait de noyer les lignes allemandes sous des flots de chair fraîche. Ses soldats avançaient avec la même expression d'effroi, intérieurement pleins d'un grand silence, sans se préoccuper de tous ceux qui tombaient devant, derrière, à côté d'eux, et souvent en pièces détachées. Derrière eux, la plage était pleine de remords qui ne devaient plus cesser de tourmenter mon père.

Ce jour-là, il décida que la vie est un mensonge et la mort, la seule vérité du monde. Ce jour-là aussi, il décida qu'il passerait le restant de ses jours en Normandie. C'est maman qui me l'a raconté.

Quand il arriva en haut de la première dune, au bout de la plage, tout ruisselant d'eau et les brodequins glougloutants, papa aperçut un gros morceau de ciel bleu dans le coton du ciel. Il interpréta ça comme un signe, parce qu'il croyait aux signes. Il ressentit aussi quelque chose qui le grisait, le souffle de la vie vivante, le bonheur de respirer encore. S'il n'avait été lourdement chargé, je crois qu'il se serait agenouillé, comme le Saint-Père, pour embrasser la terre où, désormais, il voulait vivre.

11

Papa était dans le Génie, affecté au déminage, comme toutes les mauvaises têtes. Les jours qui suivirent le débarquement, il passa son temps à rechercher des mines allemandes sur les chemins ou dans les herbes. Je n'irai pas jusqu'à dire qu'il aimait ça, mais il semble qu'il n'en éprouvait pas que du déplaisir.

Papa ne fut jamais chasseur, mais il avait l'œil. Du nez aussi. Je suis même sûr qu'il reniflait le vent, comme je l'ai souvent vu faire quand il s'amusait à lever les perdrix dans les prés, pour l'amour de l'art. Mon père déminait au jugé et à la main, car il refusait d'utiliser la poêle à frire qui transforma tant de GI's, induits en erreur, en grumeaux de bouillie rouges.

Je l'imagine en train de ramper ou d'avancer à pas de loup, tête baissée, en scrutant le sol mouillé de rosée, avec des airs de bête fouisseuse. Il fronce les sourcils et serre les lèvres, comme un enfant studieux. Il est dans son élément. C'est un homme des champs, rempli de vent, de blé, de trèfles, de marguerites et de prairies vertes.

C'est pour cette raison qu'il se perd si souvent. Il est content, tout seul avec son ciel, à respirer les herbes et les arbres. Il aimerait que toute la guerre soit comme ça.

Un jour qu'il s'est un peu trop éloigné de son unité, mon père entend le claquement d'une culasse derrière lui. Il se retourne. Un Allemand. Avec une tête noire comme un morceau de charbon. Il sent la haine, et s'apprête à tuer papa avec sa mitrailleuse MG 42, une machine à tirer plus de mille coups à la minute.

« Tu ne peux pas faire ça, proteste papa en allemand. On est des frères, toi et moi. Regarde. On est les mêmes. On a été fabriqués pareil. »

C'est un Fallschirmjäger, un chasseur parachutiste. Il jette à papa un regard en biais, avec l'expression de celui qui ne s'en laisse pas conter. Je retranscris librement ici leur conversation telle que me l'a, un jour, rapportée ma mère :

« D'où es-tu ? demande mon père.

— De Cologne, répond l'Allemand après un temps.

— Le berceau de ma famille n'est pas loin. À Neuwied. Tu connais Neuwied ?

— Oui, j'ai un oncle qui habite là-bas.

— Tu vois l'église ?

— J'y suis allé pour le baptême d'un cousin, il y a plus de dix ans.

— On s'est peut-être rencontrés, alors. J'ai vécu plusieurs mois dans une des maisons à côté. »

L'Allemand le regarde avec un air de deux airs :

« Mais t'es américain, non ?

— Oui, et ça ne m'empêche pas d'aimer l'Allemagne.

— Tu as une drôle de façon de l'aimer.

— Je ne me bats pas contre elle, je me bats contre les nazis. »

Papa lui parle de la Rhénanie où il a fait plusieurs séjours. Edmund Giesbert, son père, en était originaire. Après avoir fui l'Allemagne pour l'Amérique, en 1914, afin de n'avoir pas à faire la guerre du Kaiser, il était souvent revenu au pays, depuis, avec sa femme et son fils aîné. Grandpa racontait qu'il serait volontiers mort pour sa famille ou son village, certainement pas, en revanche, pour sa patrie et encore moins pour ce gros porc de Guillaume II.

Mon père n'a donc pas à se forcer beaucoup pour étaler sa germanophilie devant le Fallschirm-jäger. Il est convaincu que l'Allemagne a tout inventé. La musique, la poésie, la philosophie, des tas d'appareils ménagers et bien d'autres choses encore.

Quand j'avais dix ou onze ans, il m'emmena

tout seul avec lui pour visiter la vallée du Rhin. « C'est là que la civilisation est née », me dit-il subitement, alors que nous nous trouvions sur une tour d'un château en forme de pièce montée qui trônait sur une colline, au-dessus du fleuve.

Je venais de découvrir la lecture. Malgré mon amour pour Homère, la littérature était, à mes yeux, avant tout française. Elle s'appelait Hugo, Balzac ou Flaubert.

« La plupart des grands écrivains sont français, objectai-je avec l'autorité de ma nouvelle science.

— Tu n'as jamais entendu parler de Goethe ? De Schiller ? De Mann ? »

Je retenais ma langue. Ces noms-là, si ce sont ceux qu'il prononça, ne me disaient rien du tout.

« Et Bach, reprit mon père, il était français peut-être ? Et Beethoven ? Et Brahms ? »

Je suis sûr qu'il cita aussi Mozart, Schubert et Haydn, car, pour lui, l'Allemagne et l'Autriche formaient un même pays de même langue, auquel il ajoutait l'Alsace et les Sudètes, mais passons.

Horrifié par mon mélange d'inculture et de mauvaise foi, il continua :

« C'est pareil pour la philosophie. Tout ce qui compte est allemand : Kant, Hegel, Fichte, Schopenhauer, Nietzsche, Heidegger... »

66

Je ne connaissais pas davantage ces noms-là, si ce sont ceux qu'il cita. J'arrête là cette parenthèse dont l'objet était d'aider à imaginer le genre de discours que mon père a pu tenir au Fallschirmjäger jusqu'à ce que l'homme baisse enfin son arme. Papa s'approche alors de lui et pose sa main sur son épaule. Ils finissent dans les bras l'un de l'autre, pendant plusieurs secondes, les yeux humides et les chairs pantelantes, avant de s'en retourner chacun à sa guerre.

Quelque temps plus tard, une nuit que mon père montait la garde, dans le gras d'un fossé, près de son campement, il entend un frisson courir dans les ténèbres. Il tend l'oreille. Mais non, il ne peut s'agir d'une bête. C'est trop gourd, trop gauche et ça fait plein de bruit, avec des façons de ne pas y toucher. Un craquettement aiguille le regard de papa en direction d'un ébouriffage de fourrés et il aperçoit soudain le reflet, dans le clair de lune, d'une lame d'acier. Un Allemand rampe vers lui, un poignard entre les dents.

Papa pointe son arme et le sermonne en allemand.

« Qu'est-ce que t'espères gagner en tuant des soldats américains en pleine nuit? Il est foutu, Hitler. On est venus le pendre, tous autant que nous sommes, et vous libérer de lui, que ça vous chante ou pas. T'as donc pas compris qu'il a perdu la guerre? »

L'Allemand ne répond pas et disparaît dans la nuit avec son poignard.

Papa aimait beaucoup cette histoire. C'était une de celles qu'il racontait le plus souvent. Il aimait cette idée de vaincre l'ennemi sans faire parler les armes, rien qu'en causant.

12

Il paraît que papa n'avait pas été un enfant craintif. La guerre lui apprit à se méfier de tout. Des cadavres des copains GI's que les Allemands piégeaient et qui vous sautaient à la figure, quand on les touchait. Des arbres derrière lesquels se dissimulaient des ennemis prêts à vous tirer dessus. Des paysans normands dont certains tentèrent, à l'en croire, d'empoisonner ses camarades en jetant Dieu sait quoi dans les tonneaux de cidre qu'ils leur offraient à boire.

Un jour qu'il s'était égaré avec quelques camarades GI's du côté de Caen, papa tomba sur un fermier qui le considéra avec suspicion, les yeux plissés, le nez légèrement froncé, à la normande.

« On est perdus, dit mon père en lui proposant une barre de chocolat pour faire ami ami.

— Ben, retrouvez-vous vite et foutez-moi le camp, fit l'autre en prenant le chocolat.

— Nous, amis des Français.

— On a vu, merci.

— Nous, libérer France.

— Vous ne pouvez pas aller faire ça ailleurs ?

— Les Allemands, ici. Pas ailleurs.

— Visez les Boches, alors. Pas les vaches. Vous m'en avez déjà tué huit. Elles ne sont pour rien dans tout ça. »

Le fermier montra à papa le colimaçon de fumée noire qui se perdait dans le ciel, à l'est :

« Les autres sont partis par là. »

Puis il se reprit avec le même air d'avoir bu du vinaigre :

« Non, ils sont partis par là, en fait. »

Il indiqua un autre colimaçon de fumée noire, à l'ouest. Ici ou là, ça ne changeait rien. La guerre était partout. Elle se plaisait bien, dans le coin. Les obus volaient, les arbres tombaient, les toits s'effondraient et le soleil était comme un spectre dans son ciel.

S'il n'avait été aussi athée, papa aurait sûrement fait sienne la formule de la célèbre pancarte de bistrot : « Ici, nous faisons confiance à Dieu, mais c'est la seule exception. » Je crois qu'il était revenu de tout, après quelques jours de guerre. Surtout des patriotes. Il ne faut jamais laisser la patrie aux patriotes. Une fois qu'ils ont joué avec, ils la laissent toujours en mauvais état.

Papa ne les supportait pas. Il décrivait les officiers de la 1ʳᵉ armée avec la même rage convulsive que celle qui s'emparait de papi quand il parlait de son expérience de brancardier à la guerre de 14-18, sous les ordres de généraux cyniques et sans pitié. Ces gens-là plaçaient l'intérêt militaire au-dessus de tout. Il pouvait rouler sa meule sur la vérité, la justice et la vie de leurs hommes, pourvu que rien ne trouble leur digestion.

À propos d'agapes d'état-major, papa aimait raconter cette histoire : un jour, après avoir fait dresser leur tente, non loin de Rouen, ses officiers étaient en pleines libations, quand, soudain, des tirs se mirent à crépiter tout autour d'eux. Comme ça se prolongeait et que leur montaient des envies pressantes, ils ne trouvèrent rien de mieux que de réquisitionner mon père pour qu'il aille vider dehors les casques dans lesquels ils pissaient en tremblant.

Il n'aimait pas non plus les patriotes de la Résistance depuis le jour où il sauva de leurs pattes un pauvre homme qui hurlait son innocence, tandis que de gros bras le maintenaient au sol et que s'approchaient de son visage effaré les chenilles d'un char de la division Leclerc. Un collaborateur de la pire espèce, jura-t-on à mon père qui ordonna malgré tout d'arrêter l'exécution. Renseignement pris, les justiciers s'étaient trompés de porte en allant chercher leur coupable.

Pendant toute mon enfance, j'ai été élevé ainsi dans la haine des patriotes. Même papi, un grand résistant qui avait monté une imprimerie clandestine dans la forêt de La Londe, près de Rouen, ne se vantait jamais de ses faits d'armes qui lui valurent de participer au Comité départemental de Libération, en 1944. Comme mon père, il dissimulait mal son aversion pour tous ces braves gens, de la catégorie des ruminants, qui, à chaque génération, rongés par le même prurit, se rassemblaient en cortèges haineux avant de remplir les charniers du Vieux Monde. Il abominait mêmement les couards bien-pensants qui, sitôt l'Allemagne vaincue, s'étaient refait une virginité en épurant et en tondant à tour de bras. Les Français ont résisté tard, mais enfin, ils ont résisté. Après la guerre, surtout, et même encore cinquante ans plus tard.

En société, sur la question des patriotes, mon père ne se contrôlait plus, lui qui était doux comme un agneau sitôt sorti de la maison. Charles Brisson, l'historien officiel de la ville d'Elbeuf, qui régnait sur une ribambelle d'amicales et d'associations d'anciens combattants, en fit un jour les frais. Un vieillard charmant qu'on surnommait « Monsieur les présidents » et qui portait son patriotisme sur le revers de son veston, où il arborait plusieurs décorations. Malgré son grand âge, il semblait continuellement au garde-à-vous, comme prêt à repartir au feu.

Lors d'une réception, Charles Brisson eut donc le malheur de dire à papa, avec l'air de la vertu expiatrice :

« C'est bien ce que vous avez fait. Pour notre drapeau.

— J'ai fait ça pour la France. Votre drapeau, franchement, je m'en fous.

— C'est pourtant ce qu'on a de mieux. C'est notre sang, notre essence même.

— Votre drapeau, je me torche le cul avec et je me torcherai avec aussi longtemps que je vivrai. »

Quand maman me rapporta cet incident, je fus horrifié. J'avais beaucoup de respect pour Charles Brisson qui aimait certes le drapeau mais aussi les enfants. Il nous ouvrait grandes les portes du musée municipal d'Elbeuf dont il tenait les rênes et pouvait nous parler pendant des heures, l'œil humide, le menton pédagogique, des fossiles, des minéraux ou des papillons.

Papa tint à s'expliquer, le soir même, pendant le dîner. Il ne regrettait rien. Il en avait, à travers Charles Brisson, après l'esprit français, ce ramassis de petites vanités que des littérateurs boursouflés prétendent transcender avec de grands mots, qu'ils se nomment, je cite sa liste, Déroulède, Barrès, Péguy, Maurras, Aragon ou Malraux. Des esbroufeurs étriqués que la postérité allait, selon lui, vider comme des outres.

« Pourquoi t'en prends-tu comme ça à ce que tu appelles l'esprit français ? demanda maman,

73

marrie. L'esprit allemand et l'esprit américain ne sont-ils pas aussi pernicieux ?

— Je me fiche pas mal d'eux, répondit papa. C'est la France que j'aime. Je serai toujours à son côté, avec tous les pauvres types qui sont morts pour les autres, pour ces patriotes en pantoufles et aux poches pleines. »

Mon père ne cessa jamais de faire sa guerre aux patriotes. C'était sa revanche de soldat.

13

Je n'étais pas encore conçu, et pour cause, mais j'ai le sentiment d'avoir vécu cette scène. Il est dans les dix heures du soir et mes parents se regardent pour la première fois. Il fait tiède et il flotte dans l'air une odeur de cratère qui vous prend à la gorge. Pendant plusieurs jours, en cet été 1944, les avions américains ont déversé des tonnes de bombes sur Rouen qui, depuis, traîne son corps sanglant sur sa boucle de Seine. Ils visaient les ponts ou les points stratégiques, mais ils ont mis des quartiers entiers cul par-dessus tête. Les chambres à coucher se sont retrouvées au fond des caves et inversement. La guerre ne le fait pas exprès. C'est toujours un grand tort de rester en travers ou en dessous.

Comme d'habitude, comme à Caen, comme partout, la cathédrale de Rouen a survécu, malgré l'incendie qui l'a endommagée, et continue de pointer sa flèche vers le ciel, au milieu d'un champ de ruines. C'est une insulte aux incroyants. Il n'y a que les aveugles pour n'avoir pas vu ce miracle, ce sourire effronté de Dieu.

Ce soir-là, maman a la migraine. Depuis quelque temps, elle est infirmière pour la Croix-Rouge. Elle passe ses journées et ses nuits dans le sang des blessés ou la merde des cadavres. Papa, lui, est à bout. Il n'en peut plus, de la guerre. Il prétend qu'elle est terminée puisqu'il suffit de crier « *Raus* » pour que des Allemands, fussent-ils en section, s'enfuient comme des moineaux. Mais il ne supporte plus les contraintes, les ordres et, surtout, les galonnés de la 1re armée.

Papa et maman sont l'un en face de l'autre, avec les palpitations et les transpirations des amours au commencement. Mon grand-père maternel a improvisé un bal pour les soldats américains. Même s'il est l'un des grands manitous de la Libération à Rouen, il n'en baisse pas moins le menton, comme les vrais fiers. Il aimait dire qu'il n'avait aucun mérite à être entré en résistance le jour où le Parlement français s'était donné à Pétain : « J'ai fait Verdun avec ce con. Ce salaud », corrigea-t-il même une fois. Comme papi ne proférait jamais de jurons ni de gros mots, j'en avais conclu, dès ma petite enfance, que le Maréchal était une sorte de croque-mitaine stupide et sanguinaire, image qui correspondait assez bien, je crois, à celle qu'en avait mon grand-père.

Dès l'ouverture du bal, papa a cherché à lever

l'une des filles de papi, Nane, la cadette de maman. Une brune renversante et pressée de vivre, comme si quelque chose au-dedans d'elle lui disait que la leucémie l'emporterait très vite, le temps de faire quatre garçons à la chaîne. Quand il découvre qu'elle est en main, mon père se rabat sur l'aînée de papi, Mabé. Une vraie beauté aussi, ma future mère. Tout ce qu'il y a de plus normande, elle a pourtant, comme sa sœur, le type arabe. La peau caramel, les cheveux très noirs, elle se coiffe large, comme un soleil, à la façon des jeunes filles de la Libération. Avec ça, toujours un sourire aux lèvres, l'air décidé, le regard transporté.

Je ne sais sur quelle musique ils ont dansé. Maman m'a appris, un jour, qu'ils aimaient par-dessus tout l'orchestre de Glenn Miller. Particulièrement *In the Mood*. Mais ce soir-là, ce devait être l'accordéon qui menait le bal. Et quand j'imagine papa, maladroit de ses gestes, emmêlant ses brodequins dans les talons hauts de maman, en train de passer de la java au tango, j'ai du mal à garder mon sérieux. Pareil, quand je me le figure, toujours aussi maladroit, faisant l'amour avec maman, pendant une permission, quelques jours plus tard. Il ne sait pas quoi faire de ses mains. Il faut tout lui apprendre. Pour lui, c'est la première fois. Pour elle, je ne saurais dire. Elle est très olé olé, dans son genre. Elle refuse de faire de sa foi une prison, encore

moins une ceinture de chasteté. À la faculté de
Caen où elle prépare l'agrégation de philosophie, il serait bien étonnant qu'elle couche seule
toutes les nuits. Elle qui aime tant Sade, Bataille,
la littérature scabreuse, ne semble tenue par
aucun des tabous de la morale bourgeoise.

Ce soir-là et les jours suivants, je suis sûr
qu'elle n'arrête pas de provoquer papa. Elle
presse son GI contre sa poitrine. Elle lui coule sa
langue dans la nuque. Elle le roule dans l'herbe.
Un dimanche passé à la résidence secondaire de
mes grands-parents maternels, à Lyons-la-Forêt,
on les voit revenir d'une longue promenade, les
couleurs de leurs habits mélangées dans la rosée,
la sueur et l'amour. De surcroît, les rougeurs de
maman, ce jour-là, ne prêtaient pas à discussion.
Les rougeurs ne mentent jamais.

Après l'amour, on aurait dit, chaque fois, que
maman avait reçu un coup de soleil sur le visage.
Il devenait écarlate, lumineux, halluciné. Même
au temps où mon père la battait, je l'ai souvent
vue descendre avec cette tête-là de certaines
siestes dominicales.

Maman n'est jamais épuisée. Surtout pas à la
Libération. Elle déborde d'amour et en fait pro-
fiter tout le monde. Papa, sa famille et l'univers
entier. Le Seigneur aussi qu'elle prie parfois à
genoux, n'importe où, quand ça lui prend. Il ne
lui viendrait pas à l'idée qu'on pût vivre sans
chercher à se dépasser. Elle n'écoute que ce qui

la sort d'elle-même, pour se fondre dans la pulsion éternelle qui court le monde.

Elle qui ne se sent jamais à la hauteur, n'a plus peur de rien quand il est question d'amour. Rien n'arrête l'amour en marche de maman. Elle s'est donnée pour la vie à Frédérick, mon futur père, et n'en démordra plus. Ça se voit sur les portraits qu'elle s'est fait faire, sous toutes les coutures, avec son soldat américain, elle qui n'aime pas les photos. Du soir où il l'a serrée dans ses bras pour la première fois, au bal de Rouen, elle n'a jamais cessé de lui prouver, malgré les jurons et les horions, que l'amour avait raison de tout.

Il eut même raison d'elle.

14

Papa est démobilisé le 22 décembre 1945, à Camp Grant dans l'Illinois, avec un tas de décorations qui font trois lignes sur son acte officiel d'« *Honorable Discharge* ». Décidé à devenir artiste, comme son père, il compte reprendre des études d'histoire de l'art et se met en quête de petits boulots dans les journaux ou les maisons d'édition où il illustrera quelques grands classiques, de Flaubert à Dostoïevski.

Sur les photos, Frédérick a l'air d'un grand blessé de guerre. Sauf qu'il n'est pas blessé. Il ne sourit plus. C'est la première chose qui a troublé sa mère, à son retour de l'armée. Il ne parle plus beaucoup. Ça l'a frappée aussi. Mais il n'a pas perdu l'appétit et elle lui rembourre le pourpoint, jusqu'au goulet, à coups de canards aux petits pois et de tartes aux pommes à la cannelle.

Il forcit. Surtout de la fesse, de la poitrine et de la joue, un travers familial. Au bout de quelques semaines, papa a retrouvé son visage d'enfant américain bien nourri, pourléché d'amour maternel. Mais il garde l'expression de dégoût qu'il a attrapée pendant la guerre, ainsi qu'un froncement chronique des sourcils, présage de toutes les catastrophes à venir, et puis deux rides profondes qui partent des narines et vont jusqu'aux commissures des lèvres, comme des grosses parenthèses. Il semble souvent de fort méchante humeur.

Il ne court pas les filles. Il a bien assez d'amour comme ça. Maman lui écrit de longues lettres enflammées, de son écriture débraillée, et il leur fait des réponses réfléchies dans une calligraphie très régulière. C'est quelqu'un qui redoute de laisser entrevoir ses sentiments. Il préfère feindre d'en être dépourvu. En contrôlant ses déliés.

Toujours aussi accrochée, maman décide d'aller le rejoindre et, le 4 septembre 1946, met le pied à New York sous un ciel sans nuages. Elle a pris le paquebot l'*Oregon*, sur lequel elle semble avoir fait une traversée de rêve, à en croire ses lettres à ses parents. En les lisant, j'ai été surpris d'apprendre que papa n'était pas sur le quai, pour accueillir maman, quand elle a débarqué à New York. Elle ne paraît pas avoir été frappée par l'incongruité de son absence. J'ai été atterré de découvrir, ensuite, qu'il n'était pas davantage venu l'attendre à la gare de Chicago où elle arriva par le *Panamaker*, le 5 septembre. Apparemment, elle avait encore trouvé ça normal.

Chicago est pourtant la ville de papa. C'est là qu'il habite, avec ses parents, à l'est de la 60e Rue. Mais ce jour-là, il se trouve dans leur résidence secondaire du Michigan, à une centaine de kilomètres. Maman a donc passé une journée et demie à Chicago, sans lui, à faire des courses avec sa copine Evelyne, une femme de GI. Notamment chez Marshall Field's, les grands magasins qui sont, avec le front de lac, l'une des fiertés de la capitale du Middle West.

Le 7 septembre, maman prend à nouveau le train, puis le bus, pour Harbert, Michigan. Une caricature de village américain, au milieu de nulle part, avec la poste et deux ou trois magasins de chaque côté de la route en ligne droite. Tout est fait pour que les voitures et les camions puissent passer à travers sans ralentir.

C'est au bord du lac Michigan. Un coin de paradis hérissé de pins et bossué de dunes. Quand maman descend à l'arrêt du bus, elle est tout de suite submergée par une odeur chaude et familière, qui lui chatouille les poumons et l'enivre déjà. L'odeur de la résine qui coule des troncs, roule sous les aiguilles, ondule dans le vent et s'insinue partout, jusque dans les bronches. Maman l'a respirée très fort, j'en suis sûr, en descendant les marches de l'autocar.

Papa et ses parents sont venus l'attendre.

82

C'était la moindre des choses. Ma mère est si émue qu'elle n'arrive pas à parler anglais et ne comprend rien à ce qu'on lui dit. Mais les Giesbert s'ingénient à la mettre en confiance. Je cite les adjectifs de maman dans ses lettres : ce sont des gens gais, accueillants, spontanés, simples et charmants. Avec eux, elle est sur un nuage. Elle n'en tombera pas de sitôt.

J'ai lu des pages et des pages des lettres de maman après son arrivée aux États-Unis. L'amour l'aveugle. L'amour pour papa et pour un pays que, pourtant, il exècre. Ce n'est pas l'abondance de biens, après les années de privations sous l'occupation allemande, qui la grise à ce point, mais la confiance et l'amitié qu'elle trouve à tous les coins de rue. Les sourires sur les visages. Les mains qui se tendent. N'eussent été la standardisation, le matérialisme et le culte des apparences, elle aurait considéré l'Amérique comme un vrai morceau d'Éden tombé sur terre. Ses habitants lui semblent même moins étriqués et racornis que dans le Vieux Monde. C'est un pays où l'on peut encore parler aux inconnus sans craindre qu'ils n'appellent la police.

Edmund Giesbert, le père de papa, parle beaucoup à maman. C'est un ancien immigré naturalisé américain qui s'exprime, non sans affectation, avec un fort accent allemand. Je ne crois pas qu'il lui conte fleurette. Encore que ce soit un bourreau des cœurs qui joue volontiers de la prunelle avec les étudiantes de l'Art Institute où il enseigne la peinture.

Maman tombe tout de suite sous le charme. Elle écrira un jour à papi qu'il est « très français et très francophile » et qu'il y a chez lui « une souplesse, une légèreté, un optimisme dont Frédérick est dépourvu ». Ma mère et lui communient tous les deux dans le même culte de l'Amérique. Sauf que grandpa vénère surtout celle des origines, quand le renard libre pouvait agir à sa guise dans le poulailler libre. J'ai rarement rencontré quelqu'un d'aussi réactionnaire que mon grand-père paternel. Il abhorrait tous les cadres où l'on voulait, depuis la nuit des temps, enfermer l'humanité qui, d'après lui, se chercherait sans jamais se trouver jusqu'à la chute finale. Je crois que le meilleur système économique, à ses yeux, était un mélange de Cro-Magnon et de Rockefeller.

À l'entendre, on aurait pu penser qu'il était à la solde des hommes d'affaires dont il était le portraitiste officiel, moyennant de grasses rétributions. Mais il ne supportait ni la cupidité ni la jobardise. Il me semble même qu'il honnissait l'argent. Un jour, je devais avoir sept ans, il m'interdit de ramasser une pièce que je venais de laisser tomber : « Il ne faut jamais se baisser pour de l'argent. » Facile à dire, il est vrai, quand on avait, comme lui, les poches pleines.

Il était à l'aise, partout, grandpa. Aussi bien dans les mondanités de ses clients ploutocrates qu'avec ses copains universitaires, de Chicago, parmi lesquels il comptait Saul Bellow ou encore, dans la vie quotidienne, avec les gens de peu pour lesquels il était toujours plein d'égards. Ce n'était pas de la politesse, mais une absence totale d'esprit de classe en quoi on reconnaît les vrais Américains. Avec lui, tout le monde était toujours quelqu'un. Maman, surtout.

15

Maman a réussi son coup. Papa a demandé sa main, aussitôt accordée, par lettre à papi et, le 6 juin 1947, elle l'a épousé à Chicago. Le lendemain, elle lui a même imposé un mariage catholique, au presbytère de l'église du Sacré-Cœur, à Winnetka, Illinois. Elle est désormais préposée au bonheur de mon père, qui en semble déjà tout écœuré avant même d'y avoir goûté.

Papa n'est pas né pour le bonheur. Il est perpétuellement rongé par un mal étrange. Un mélange de mélancolie, de bile sociale et de migraine métaphysique. C'est ce qui lui donne cet air renfrogné, même quand il sourit. Il est l'obstacle sur son propre chemin, et encore, le mot est faible, j'ai envie de parler de gouffre infranchissable. Je suis sûr qu'il fait peine à voir pendant ces deux jours.

Il y a déjà plusieurs mois, il est vrai, qu'il fait peine à voir. Il n'en peut plus de balayer et de faire les commissions dans la petite entreprise de

Chicago qui l'emploie, si l'on peut dire. Mais il a beau chercher, il ne trouve pas de travail à sa mesure. Maman est désespérée. Elle ne comprend pas, écrit-elle à son père, que papa refuse de « se démener, se mettre en avant, parler aux gens, faire des visites, se faire bien voir. Il se contente d'envoyer ses travaux par la poste, ce qui ne donne aucun résultat ».

Elle a ce cri du cœur : « Il est l'homme le meilleur et le plus intelligent, le plus affectueux dont j'aie pu rêver et je n'en finirais pas de dire combien je l'adore. Puisse-t-il connaître un petit début de succès ! Il le mérite tellement. »

Quelque temps plus tard, elle raconte à papi que Frédérick se trouve dans « un état de découragement atroce » et qu'il « se tourmente de se sentir ainsi incapable ». Il lui a même dit qu'il « ferait beaucoup mieux de mourir » pour qu'elle puisse bénéficier de son assurance-vie.

Pendant l'été qui suit leur mariage, ça ne va pas fort non plus. Se jugeant inapte à tout, à la réussite autant qu'à l'amour, papa tombe souvent malade. Il somatise. Une grosse sinusite, un affreux torticolis et, pour parachever le tout, une éruption d'impétigo qui lui ravage le visage et le cuir chevelu. En plus de ça, il éternue, si l'on en croit les comptes de maman, toutes les deux ou trois minutes, avec une force à faire tomber les murs. Il souffre d'une allergie au monde et à l'avenir.

C'est normal. Il est en train de s'installer peu à peu dans un personnage de parasite social, vivant aux crochets de maman qui assure, avec sa belle énergie, leurs fins de mois. Elle écume les universités, en exhibant ses diplômes, et prend le travail où il se trouve. Après Wellesley College, dans le Massachusetts, elle obtient un poste à la Western Reserve University, dans l'Ohio, puis à l'université de Delaware, et ainsi de suite. Juive errante des campus, comme elle dit dans ses lettres, elle assure des remplacements un peu partout. Elle change si souvent d'adresse qu'il arrive à papa de perdre sa trace.

Elle donne des cours de français ou de philosophie à des classes « vivantes, sympathiques, très amicales ». Encore qu'il lui semble que « les étudiants, ici, n'aient aucun sens de l'effort, de la concentration, de la réflexion. Ils vous écoutent mais ils voudraient que vous fassiez le travail pour eux ». Il arrive désormais à maman de glisser, dans son courrier, quelques critiques de ce genre contre l'Amérique. Elle dit qu'elle a le mal du pays. Mais, surtout, elle a le mal de papi.

Au bout de quelques mois, son extase américaine est retombée. Ses yeux écarquillés commencent à percevoir les failles d'une société que papa dénonce jour et nuit. Elle se met à rêver de retourner d'où elle vient, pour lui mais aussi pour elle, parce que lui manque l'épaule paternelle sur laquelle sa tête aime tant se reposer.

Elle s'est rendu compte qu'elle ne pouvait pas vivre sans cette épaule. Celle de papa ne suffit pas.

Avant de retourner en Europe, mes parents voudraient s'assurer que le Vieux Monde ne sera pas ravagé par une nouvelle guerre. Ils redoutent une invasion soviétique. Papa surtout, qui a décidé que l'Histoire était tragique et que les malheurs à venir l'emporteraient toujours sur les calamités passées. Il prévoit, en cas d'occupation russe, des assassinats en masse et des déportations de population comme vient de le faire récemment l'URSS dans les pays Baltes.

Maman dit qu'il faut se préparer au pire. Elle exhorte sa famille à venir se réfugier, si nécessaire, aux États-Unis. Au grand complet, ça va de soi. « Nous nous tirerons toujours d'affaire, promet-elle dans une lettre. Tout le monde se caserait. » Mais elle ne croit pas trop à la guerre : « Ce n'est là que ma pauvre petite opinion. » Elle pense comme le grand journaliste Walter Lippman que « la seule chose à faire est de résister doucement mais sûrement sur tous les fronts » et de refaire « une Europe solide pour hâter la dislocation des Soviets ».

Mes parents sont dans les affres de l'incertitude, en suspens entre deux mondes, quand survient la première grande catastrophe de leur vie. Je veux parler de ma naissance. Je n'aurais jamais dû venir sur terre. En tout cas, pas à ce moment-là. Je suis une erreur, comme m'a souvent dit maman. Une sorte d'aberration médicale, une insulte à la contraception. Mais la vie a le chic pour se faufiler partout et franchir les obstacles inventés par les humains. J'ai vaincu la méthode Ogino et la capote anglaise, que papa n'avait pourtant pas crevée, le soir de ma conception, contrairement à son habitude.

Quand papa se penche sur mon berceau, neuf mois plus tard, je suis sûr qu'il a son air des mauvais jours, les lèvres boudeuses et les sourcils encore plus froncés que d'ordinaire. Ça peut se comprendre, à en juger par le spectacle qui s'offre à lui. J'ai la tête en forme de cacahuète, car il a fallu m'extraire aux forceps du ventre maternel d'où je ne voulais pas sortir, avant de ne plus songer qu'à y retourner. Avec ça, l'œil droit fermé. Quand on l'ouvre, il y a un caillot de sang dans l'orbite. Depuis, cet œil est resté plus petit que l'autre. D'où mon air torve, même quand je veux faire l'ange.

Je ne crois pas que papa soit bien rassuré après avoir vérifié que j'ai cinq doigts aux pieds et aux mains. Quelque chose cloche, qu'il ne saurait définir. Il a un mauvais pressentiment et, comme je le connais, il somatise encore. Peut-être un mal de tête, ce coup-ci. Il n'est pas un père heureux, mais effaré. Je crains qu'il n'ait pas tenu longtemps la main à maman que je venais de dévaster. Il n'aime pas les hôpitaux, ni les maternités. Il ne s'y attarde jamais.

Après ça, je lui ai sûrement pourri la vie. En hurlant, certaines nuits, comme un agonisant. En dégobillant parfois et en chiant tout le temps. En me comportant comme un enfant attardé et obsédé. À un an et quelques, je ne marche toujours pas. Ça l'inquiète. Il me surnomme le « roi des ballots ». Mais j'effectue sans arrêt, en levrette, des saillies vigoureuses au-dessus d'une partenaire invisible. Ça l'effraie. Moi, ça m'ouvre des perspectives et je m'adonne à mon activité avec l'impétuosité du néophyte, tandis que mon lit à barreaux crisse, tangue et vogue dans la chambre comme les canapés des jeunes amants. Sur ce plan au moins, je ne suis pas en retard.

Je le soucie encore à cause de mon nez qu'il trouve, si j'en crois une lettre de maman, « très court et rond comme une pomme de terre ». Mauvais signe. Papa s'est lancé depuis peu dans l'étude de la psychomorphologie et, à l'aune de sa nouvelle science, je ne vaux pas tripette. J'ai un grand crâne, c'est vrai, mais tout porte à croire qu'il ne servira à rien. L'animal en moi me mène. Mon père m'a tout de suite compris.

Il va mieux. Quelques journaux commencent à apprécier son talent et publient ses dessins. Une maison d'édition lui a demandé d'illustrer un livre traduit du néerlandais : *Le monde quand on a six ans.* Il vend des toiles à des particuliers. Maman, elle, est de plus en plus débordée. Elle cavale partout. Elle fatigue. « Il y a toujours du lavage, du repassage, du raccommodage qui ne peut attendre, écrit-elle à papi. Quand ce ne sont pas des copies ! »

J'imagine leur logement de fortune à Wilmington, Newark, ou Philadelphie, toujours sur la côte Est, dans des quartiers plus ou moins mal famés. Ça sent le travail, l'humidité et la couche sale. Sans parler des odeurs, dehors, dont maman se plaint dans ses lettres. Les odeurs de l'Amérique pauvre. Le rat mort, le fruit pourri, le caniveau stagnant.

Papa et maman travaillent dans la même pièce qui fait à la fois salle à manger et chambre à coucher, au milieu d'un fouillis de yaourts, de bières, de devoirs, de couverts, de croquis et de tartines. Leurs papiers sont piquetés de taches de graisse, de beurre ou de confiture. Les taches sont une grande spécialité familiale. J'ai toujours été un peu souillon mais ce n'est pas ma faute, si l'on veut bien prendre la peine de considérer mon hérédité.

Le 2 juillet 1949, papa se décide enfin. Ma sœur Fabienne n'est pas encore née, ni même conçue, mais il a besoin d'air et suffoque de plus en plus, dans son pays. De surcroît, écrit maman dans une lettre à papi, « depuis la naissance de Franz-Olivier, il est obsédé par l'idée que son fils pourrait devenir un vrai Américain avec qui nous n'aurions pas grand-chose en commun ». « Pourquoi avoir des enfants si c'est pour en faire des Américains ? » dit souvent Frédérick.

Il accepte donc la proposition de papi qui cherche, depuis des mois, à récupérer sa fille et lui écrit qu'il est prêt à s'installer en France pour travailler à l'imprimerie Allain, qui a besoin d'un dessinateur de sa trempe : « La vie est trop courte. »

« Vous vous rappelez sûrement, écrit papa à son beau-père, mon enthousiasme pour la beauté de l'Europe, mon dégoût pour la dégénérescence, l'étourdissement de mes compatriotes et de l'Amérique en général. » Aux États-Unis, la vie lui paraît plus que jamais « matérialiste, laide et vide ». Qu'on lui ouvre la porte de la cage, conclut-il, et il s'envolera tout de suite.

Il ment. Papa est quelqu'un que les pesanteurs du monde retiendront toujours au sol. Il ne peut vivre que dans une cage. C'est son excuse pour ne pas s'envoler.

16

Je n'ai gardé aucun souvenir de notre arrivée en bateau, au port du Havre. Nous étions alors quatre : mes parents, ma sœur et moi. Je sais seulement que maman avait l'air très fatigué. On m'a souvent parlé, depuis, de la tête de mort qui pointait déjà sous son visage christique.

Elle est encore tombée enceinte. Une manie. Et elle a décidé d'arrêter de travailler pour se consacrer à l'« élevage » de sa marmaille. Papa l'a percée à jour : il sait désormais que la grande ambition de maman est de recouvrir la terre d'une descendance dont il sera l'étalon. Il se sent pris au piège. C'est pourquoi il prend l'habitude de la battre presque tous les soirs, sous un prétexte quelconque.

Il y a toujours une raison. L'ampoule du salon qu'il faut changer. Une punaise qui n'avait rien à faire au pied du lit et qui lui est entrée dans le talon. Le poulet du dîner, cru à l'os, qui ne passe toujours pas. Papa en a après la vie et donc après maman qui, en dépit de son épuisement chronique, incarne la vie comme jamais, au milieu des cris de bébé.

Mon premier souvenir est une tentative d'homicide involontaire par moi perpétrée contre Sabine, ma nouvelle petite sœur, conçue aux États-Unis et née en France. Nous habitons encore rue des Martyrs, à Elbeuf. Elle a un an et quelques. Pendant que maman est sortie acheter la viande de midi chez le boucher d'en face, je décide de l'enfourcher. Mais ma monture est rétive et n'obéit pas à mes ordres. Je déteste ça et l'éperonne. Rien n'y fait. Je lui enfile alors une bride de mon invention. Une ficelle que je fixe au cou, puis serre encore et encore.

Quand maman revient des courses, ma sœur est toute violette et sur le point de tourner de l'œil. Je ne me souviens pas d'avoir reçu le coup de pied au cul que je méritais ni même la gifle, mais il vrai qu'avec papa, j'ai toujours mon compte et même de l'avance. Ma mère ne porte jamais la main sur moi. C'est un principe. Elle me traite de monstre et me fait assez la leçon pour que je comprenne la gravité de mon acte. Je la mesure et me rengorge. J'aime bien l'idée d'être devenu, ce jour-là, un criminel en puissance. J'ai même le sentiment d'être entré dans la cour des grandes personnes.

Un jour, mes parents s'installent à Saint-Aubin-lès-Elbeuf, au bord de la Seine. Ils veulent de l'air, du ciel, de la nature. Ils seront servis. Quai d'Orival, on est, à première vue, cernés par la civilisation. À deux kilomètres de l'imprimerie Allain où mon père se rend chaque jour à vélo. Plus près encore des usines chimiques Rhône-Poulenc qui, certains matins de brouillard, empestent une haleine de fin du monde. À quelques coups de pédale, enfin, de la ville qui grignote les herbages, une maison neuve après l'autre, pour le plus grand malheur des pommiers à cidre, appelés à finir en bois de chauffage.

On se sent pourtant loin de tout, chez nous. À cause des ronces. Elles forment un épais rideau de barbelés, autour de notre havre. Par endroits, une muraille qui chante dans le vent. À l'intérieur, on est tranquilles. Rares sont les fâcheux qui s'aventurent ici. Encadrée par deux autres maisons, la nôtre donne sur la Seine qui coule son jus, vert ou noir l'été, marron ou mordoré pendant les pluies.

Jusqu'à l'âge de onze ans, je passe mon enfance dans ces ronces. Les jours de congé ou de vacances, je pars tôt le matin et ne reviens que tard le soir, après un bref passage pour le déjeuner. Je ne m'occupe pas de mes sœurs ni de mon frère. Je n'aide pas ma mère. J'ai trop à faire, et à penser. À cause, notamment, de la mission que je me suis assignée, toujours la même : tuer mon père.

Ça m'agite l'esprit, pendant mes journées au bord de la Seine. Il n'est pas question de me faire prendre et je n'arrive pas à trouver la bonne méthode. J'hésite entre le marteau et le couteau. Mais pour que le crime soit parfait, il faudrait que je surprenne papa dans sa sieste, en l'absence de maman et de ses enfants. Ces conditions ne sont jamais réunies. En attendant, je me contente de semer des clous sur le chemin qu'il emprunte chaque jour à bicyclette. J'aime tellement le voir rentrer à pied, une roue crevée et le feu dans les yeux.

Je lui livre une guérilla sans merci à coups de sabotages de ce genre ou d'assauts verbaux, aussitôt suivis de replis stratégiques. Jamais de trêve. Même quand il cesse de battre maman après la naissance de son quatrième enfant, Jean-Christophe. Pendant plusieurs mois, il est transformé. Il roucoule devant le berceau et fait des risettes à mon frère. Je ne le reconnais plus.

Je me suis souvent interrogé sur ce changement. Jean-Christophe est le seul enfant qu'il ait, je crois, désiré. J'allais dire aimé, mais c'eût été faux, car, au fond, il avait de l'affection pour tous ses enfants. Moi excepté, sur qui il a fait très tôt une croix. Il s'est sans doute dit qu'il ne me récupérerait jamais et que ce nouveau fils était une seconde chance qu'il ne devait pas rater. Il y a alors, entre mes parents, quelques mois de tranquillité, peut-être même de bonheur.

Mais ça ne dure pas. Deux ans plus tard, quand maman tombe enceinte de Laurent, leur dernier enfant, papa recommence à lui flanquer des piles. Elle est désemparée le jour où elle m'annonce la nouvelle plusieurs semaines avant qu'il l'apprenne. Elle ne sait pas comment le lui dire. Je ne vois qu'une solution : partir.

« Sinon, dis-je, il finira par te tuer.

— Tu ne comprends rien. »

Je vois bien qu'elle l'aime et souffre pour lui quand il la passe à tabac. Ça me désole. Certains soirs, j'implore le Seigneur, à genoux, près du lit, de lui donner la force de demander le divorce, tandis qu'au même étage, elle pousse ses petits gémissements sous les coups de papa.

Pour ma part, j'ai trouvé, depuis longtemps, la réponse à tout cela : les ronces.

C'est là que j'écris mon œuvre complète. À neuf ans, j'ai lu mon premier livre, *Quatrevingt-Treize*, dans la collection des classiques Garnier dont papa a rempli la bibliothèque. J'ai aussitôt décidé que je serais Victor Hugo ou rien. J'en prends déjà le chemin. Je suis très prolifique, comme lui, et mon génie se déploie dans tous les domaines. Théâtre, poésie, roman ou polar, tout me va. J'ai fait plusieurs lectures à voix haute qui ont impressionné papi. Il me prédit un grand avenir dans la littérature et je serai la première personne qu'il couchera sur son testament, pour me laisser son stylo Parker 51 auquel il tient, insiste-t-il, « comme à la prunelle de ses yeux ». Maintenant qu'il est au ciel, qu'il me pardonne d'avouer si tard que je n'étais alors qu'un plagiaire, qui copiait sans vergogne Marivaux, Goethe, Twain, Nerval, Molière, Dickens, Ronsard ou Thoreau. C'était encore Hugo qui me réussissait le mieux : chaque fois que je le pompais, on criait au chef-d'œuvre.

Mais, à cette époque, je ne suis pas un fumiste dans tous les domaines. Je crois avoir été, par exemple, assez bon pêcheur. J'écume souvent les bras de Seine. Ça y sent le pire et le meilleur. L'herbe et la charogne. Le brouillard et le tronc d'arbre. Le sureau et le poisson mort. Tout est mélangé. Les odeurs mais aussi les branches des saules et les eaux dormantes. Les feuillages nagent et le ciel coule.

Lors de ces virées, je me pelotonne dans les ombrages avec mes deux ou trois cannes. Dès que je lance ma ligne, je deviens le poisson qui tourne autour de l'appât. Sinueux et vicieux, je flue doucement, en me laissant porter par le faible courant. Je me tue souvent, car je ferre au bon moment, d'un coup sec, afin de crocheter ma victime. Je ramène à la maison des goujons, des tanches ou des brèmes, mais je relâche toujours les carpes. À cause d'elles, il faut tout le temps changer d'appât et de lieu, comme si elles s'étaient passé le mot. Je suis sûr qu'elles se parlent. En plus, une fois ferrées, elles me donnent toujours du fil à retordre. J'ai décrété que c'étaient des animaux intelligents et je gracie toujours les animaux intelligents.

Je suis un ami des bêtes. Des carpes, mais des chèvres, surtout. Mes parents m'en ont acheté une pour un de mes anniversaires. Rosette. La robe rousse, le poil long, les cornes comme des sabres, toujours l'air de se moquer du monde. Un jour, il a fallu la mener au bouc. Sinon, elle y serait allée toute seule. Deux cabris sont nés dans la foulée. Camille et Perdican. Leur mère ne supportant pas le piquet, ils habitent les ronces. De temps en temps, ils passent nous voir, rigolent dans leur barbe, dansent un coup et puis repartent. Ils n'ont peur de rien. Ni des chiens ni des chalands, qu'ils chargent sans ménagement. Il faut voir ma petite horde chasser les chiens errants qui repartent, tête et queue basses. Ils ramperaient s'ils pouvaient.

La chèvre est l'allégorie vivante de l'ironie. L'œil perçant, le museau volontaire, la farceuse semble toujours en quête du prochain tour qu'elle pourra jouer. Franchissement de clôture, dévastation des rosiers ou escalade de poiriers. Avec ça, voluptueuse et sensuelle. Elle aime se trémousser le derrière, surtout si on le lui tripote. C'est l'un des rares animaux de la création qui aiment prendre du bon temps quand les autres semblent esclaves de leur estomac, jamais content.

Souvent, je vais me promener avec mes chèvres dans leur domaine du bord de la Seine. On se parle beaucoup. On a la même langue, celle des yeux. Je les regarde manger. J'ai toujours aimé regarder manger les bêtes. Chaque espèce a son style. Les lapins sont minutieux. Les chèvres, délicates, j'allais dire distinguées. Les poules, affolées par la peur de manquer. Les vaches engloutissent à la diable, à grands coups de langue. Longtemps, je crus que c'était le carnivore en moi qui prenait plaisir à voir prospérer ce qui serait bientôt la chair de ma chair. Maintenant que je suis devenu à moitié végétarien — je fais toujours les choses à moitié —, j'éprouve pourtant le même enchantement devant la sérénité qui, exception faite des volailles, envahit les animaux en train de manger.

Un soir, mes parents m'annoncent qu'il faut tuer Perdican. C'est un bouc, maintenant. Il fait le mâle et joue les petits chefs. S'il déborde toujours d'humour avec nous, le roi de la cabriole, il s'en prend à tout le monde, même au facteur, sabres au clair. Un conseil de famille décide qu'il sera tué d'un coup de hache sur la nuque par un boucher professionnel et qu'on s'en partagera tous les morceaux, pour en garder un bon souvenir. Je me rappelle son cri quand il est mort. Un cri d'enfant scandalisé. Je n'en ai pas mangé, bien sûr. Je crois que personne n'en a mangé, dans la famille. Sauf maman pour se sacrifier, comme d'habitude.

C'est là, au bord de la Seine, que j'ai appris le bonheur de se mélanger aux eaux, aux bois, aux ronces ou aux champs, avec les bêtes dont je suis le frère. Je sens la vase mais aussi la rosée qui lustre les herbes. Rien ni personne, jamais, ne pourra me faire haïr la vie. Même pas mon père.

17

Papa manque toujours d'air, même là, au bord de la Seine. Il a décidé de mettre davantage de kilomètres encore entre la ville et lui. Un jour, donc, mes parents emménagent, avec leurs cinq enfants et à peu près autant de chèvres, dans une vieille ferme du plateau du Roumois, à Bosc-Roger, au hameau de La Capelle.

Un hectare d'herbe et de pommiers dodus entre quatre haies frissonnantes. Ça grouille de vie, là-dedans, et le pré, ébouriffé de marguerites ou de boutons-d'or, semble se trémousser sous les caresses du soleil, les jours où les nuages veulent bien le laisser vivre. À la belle saison, la lumière sature tout : on dirait qu'on habite une carte postale. À la fin de l'automne, la terre vomit la pluie dont le ciel l'a gorgée : on a le sentiment de patauger dans un marécage.

La maison principale, ou ce qu'il en reste, est une passoire en colombages, ouverte aux vents et aux bêtes. Il manque des portes et des fenêtres. Une cane-dinde prendra même l'habitude, deux années de suite, de pondre ses œufs dans un placard à vaisselle. Ses petits feront partie de la famille et partageront leurs repas avec nous avant de finir, un jour, dans nos assiettes, puisque telle est la loi, à la campagne.

Chaque année, au printemps, de nouvelles générations de bêtes arrivent de partout. J'ai à peine le temps de m'habituer à leur gueule et à leurs manies qu'elles finissent déjà à la casserole et qu'il faut accueillir les suivantes. On n'apprend jamais aussi vite qu'à la ferme notre vérité à tous, humains ou hannetons, qui est de devenir la couche de terre que piétinera notre descendance, avant d'être recouverte, un jour ou l'autre, par une autre pelletée, et ainsi de suite, jusqu'à la fin des temps.

Est-ce pour cette raison que j'ai toujours tant aimé l'odeur de fumier qui a imprégné toute mon enfance ? À La Capelle, nous habitons entre une grosse étable et deux élevages de cochons. Bien sûr, je préfère la bouse au lisier et, depuis, chaque fois que je croise son grisant parfum de miel fondu, après qu'une légère pluie lui est passée dessus, la nostalgie me prend.

J'ai déjà dit tout le bien que je pensais des chèvres. À La Capelle, je me sens aussi très proche des vaches, des bœufs et des veaux. Des animaux philosophes qui semblent toujours nous regarder de loin, et de haut. Ils ne comprennent pas nos tracas. Tout leur bonheur — pascalien — vient d'une seule chose : ils savent, quant à eux, demeurer en repos dans un clos.

Les cochons, je trouve, ressemblent trop aux humains. Avides, sentimentaux et fornicateurs. Quant à la volaille, j'ai peu de sympathie pour elle, à l'exception d'un coq ou d'une poule, par-ci, par-là, de temps en temps. Les autres se comportent toujours trop mal avec les faibles contre lesquels ils s'acharnent, jusqu'au sang, jusqu'à la mort.

Je coule, à Bosc-Roger-en-Roumois, quelques-unes des plus belles années de ma vie, à écouter murmurer la chair herbeuse du clos, ronfler de bonheur le tilleul de l'entrée ou monter le chant du vent dans les ormes de la haie. J'ai d'interminables conversations avec les bêtes de la ferme, et quelques autres aussi. Les lièvres de passage. Les perdreaux égarés. Les chouettes, les fouines et les belettes. J'apprends enfin le froid, les pieds gelés, les doigts gourds.

C'est ce que veut papa. Il est épouvanté par l'« américanisation » de la France qu'il dénonçait déjà, quand il vivait aux États-Unis, et qui n'a cessé, depuis, de se développer. Il entend nous retrancher de tout. Du confort. De la télévision. De ce qu'il appelle, horrifié, la société de consommation. Il s'agit de nous immuniser contre les maladies honteuses que propage cet égout pourrissant qu'est devenu, à ses yeux, l'Occident, en phase de décadence terminale.

Avec moi, apparemment, il a réussi. Je me suis dissous à jamais dans la campagne normande. On ne m'en sortira plus. J'aurai toujours, même à Paris, des années plus tard, de l'herbe qui me pousse dans la tête. Je broute avec les chèvres, craquette avec les blés, éclate avec les bulles, agonise avec les lapins, vibre avec les foins avant de me putréfier avec les charognes. J'ai découvert l'infinité depuis que j'ai renoncé à moi-même pour me fondre dans la nature. Je suis plein de griserie.

Sauf quand papa bat maman, certains soirs. Il a toujours ses crises. Mais de moins en moins souvent. Une ou deux par quinzaine, rarement plus. Mon père fatigue un peu, je crois. Il a trop à faire à la maison et dans le clos. Sitôt rentré du bureau de dessin, il enfile un bleu et se transforme tour à tour en plâtrier, vacher, bricoleur, menuisier, cidrier, couvreur, bûcheron, homme de peine, et j'en passe. Il n'arrête jamais. Après le dîner, servi tard, il fait encore, pour l'imprimerie, des heures supplémentaires. Il travaille dans son atelier, une grande pièce aménagée dans un des bâtiments, et rentre rarement se coucher avant le petit matin.

Maman travaille de nouveau. C'est peut-être pour cette raison aussi que papa lui témoigne plus de respect. Elle est professeur de philosophie au lycée Corneille de Rouen et à son annexe d'Elbeuf. Elle court tout le temps. J'entends soudain, en écrivant ces lignes, le tambourinement de ses talons hauts sur le carrelage. Si effréné, parfois, qu'on a peur qu'elle ne se casse la figure. Elle fait partie de cette catégorie de gens qui sont nés avec une heure de retard et cherchent, ensuite, à la rattraper leur vie durant.

Quoi qu'elle fasse, elle arrive toujours la dernière. Non qu'elle traînaille. Au contraire, elle en fait toujours trop. Elle entend en effet être tout à la fois la mère la plus aimante, le meilleur professeur de philosophie du département, une étoile du jardinage, l'as des confitures, une fille modèle pour papi, entre autres. De ma vie, je crois bien ne l'avoir jamais vue au repos.

Sauf, bien sûr, à la clinique ou à l'hôpital, qu'elle fréquente beaucoup. Entre autres pour deux césariennes, une ablation de la vésicule biliaire et un ulcère à l'estomac. Souvent, elle me place chez sa sœur cadette, tante Antoinette, une seconde mère pour moi, qui, comme maman, a fait don de son corps à sa famille et au monde entier. Ma mère sait qu'il vaut mieux ne pas me laisser seul avec papa. Un de nous deux pourrait manquer, à son retour.

À part les visites à la clinique ou à l'hôpital, j'aimais bien les séjours dans ma famille d'adoption. Mais devant le lit de ma mère dont les yeux des autres m'annoncent souvent la fin prochaine, je m'évanouis régulièrement. Je vais même jusqu'à tourner de l'œil dans l'escalier et m'écrouler sur les marches avant d'accéder à sa chambre. J'ai longtemps imputé ces pertes de conscience aux odeurs d'éther. La vérité est que je ne supportais pas l'idée que maman meure. Je me disais que je ne pourrais jamais lui survivre.

Maman meurt beaucoup. Surtout après les césariennes qui lui labourent le ventre. Mais elle ressuscite toujours après. Elle est bien trop chrétienne pour avoir peur de la mort. Ce n'est donc pas la frousse qui la ramène sur terre. C'est juste qu'elle a trop à faire, comme d'habitude, des moutards à torcher ou des copies à corriger, et qu'avec elle, de surcroît, l'heure n'est jamais l'heure. Elle rate toujours ses rendez-vous, fût-ce avec la mort.

Depuis le temps, maman n'a plus l'âge de mourir jeune.

18

À la maison, les petits déjeuners tournent souvent au débat philosophique. Parfois, on se croirait, excusez du peu, dans les dialogues de Platon. Depuis le petit matin, maman est assise, en robe de chambre, à la table de la cuisine. Elle est en train de corriger des copies qu'elle constelle de grosses taches de café au lait, quand papa déboule avec son poste de radio qui débite les nouvelles à tue-tête. Qu'importe si les journalistes tuent de leur bavardage l'information qui, au demeurant, ne change pas beaucoup d'un jour à l'autre. Il a besoin de ce bruit de fond. Il faut qu'on lui parle, qu'on lui donne à penser, qu'on le mette en garde contre les dangers de l'avenir.

Entre mes parents, l'étincelle n'est souvent qu'un mot de tous les jours, une phrase sur le temps qui passe ou qu'il fait. Ça part sur le mode léger et puis ça enfle, ça se déploie avant d'exploser, parfois. L'échange dure cinq à dix minutes, rarement plus, parce que toute la marmaille débarque à son tour pour engloutir ses tartines et son chocolat avant d'aller à l'école. Pour le peu que j'arrive à en saisir, au milieu des nasillements radiophoniques, je suis fasciné par les grandes phrases qui dégringolent sur mes frêles épaules. Maman finit toujours par remonter dans sa chambre pour se changer vite fait, et, quelquefois, lâche un dernier mot à papa, sur le pas de la porte, du genre : « En partant du sujet, on ne pourra jamais démontrer son existence. Ni celle de l'objet. »

Papa fronce les sourcils, c'est le signe qu'il réfléchit, et laisse tomber :

« C'est la seule chose à peu près intelligente qu'a dite Kant de toute sa vie. »

Mon père est hégélien. Il ne croit qu'aux masses, aux civilisations et au sens de l'Histoire, fût-il aussi chahuté que le parcours du canard qui vient de laisser sa tête sur le billot. Il est, comme son philosophe préféré, convaincu que l'État est la moelle de l'homme mais passe à l'as ses réflexions sur la foi ou la divinité de l'existence.

Maman est kantienne. Elle vénère le sujet, l'âme, le Christ et le Seigneur Dieu. Elle adore aussi le pacifisme cosmopolite de son philosophe de chevet et se fait la propagandiste de son « Projet de paix perpétuelle » où il imagine une communauté universelle qui permettrait à l'homme de se sentir « membre à part entière de la société des citoyens du monde », « l'idéal le plus sublime » qu'on puisse lui assigner.

Moi, entre Hegel et Kant, j'ai vite choisi : Spinoza.

À son propos, je fais mienne la phrase de Lessing à Jacobi, quand le second était venu rendre visite au premier, un certain jour du xviii\ :^e\) siècle : « Connaissez-vous quelque chose de mieux ? » Moi pas. J'aime lire Spinoza, même quand je ne le comprends pas. Il est si plein de vérité qu'il n'arrive pas à la contenir. Elle déborde de partout. C'est maman qui me l'a fait découvrir, quand je suivais ses cours de philosophie, au lycée d'Elbeuf.

Jamais ma mère ne m'apparut aussi fragile que devant sa quarantaine d'élèves. Elle a toujours quelque chose d'hagard. Sans doute provoqué par la panique de perdre leur attention, déjà si légère. Pour la garder, elle saute du coq à l'âne, trousse une anecdote avant de glisser une blague ou de poser tout à trac une question à un élève, pour vérifier qu'il ne rêvasse pas.

Ma mère m'a d'abord initié à Pythagore où j'ai reconnu tout ce que j'avais toujours pensé sans avoir jamais osé le formuler. Tout s'éteint, tout finit, tout change, mais rien jamais ne périt. Le souffle de la vie passe des bêtes aux humains et inversement. Tout est continuellement recyclé ici-bas et il en sera ainsi jusqu'à la nuit des temps.

Qu'il soit végétal, animal ou humain, il s'agit toujours du même monde où transmigrent les âmes, d'un corps à l'autre.

Rien, dans tout ça, ne me semble contraire à ma foi. Depuis ma petite enfance, je vois Dieu partout. Dans le vent qui ébouriffe les frênes. Dans la lumière vivante qui voile la nuit. Dans les yeux du bœuf qui implore qu'on lui tapote le crâne, là où il aime, sur la couronne, entre les yeux. Jusque dans les fourmis que j'observe des heures durant, à quatre pattes, apporter leur pitance morte et agonisante dans leur antre grouillant.

C'est dans le *Court traité* de Spinoza, offert par ma mère pour un anniversaire, que j'ai découvert cette lumineuse citation : « La Nature se compose d'attributs infinis dont chacun en son genre est parfait. Ce qui concorde parfaitement avec la définition que l'on donne de Dieu. » *Deus sive Natura*. Dieu, c'est-à-dire la Nature. Tout le génie de Spinoza est là. Il a doté d'un corps palpable le panthéisme qui, depuis des millénaires, attendait son prophète. On peut dire aussi, sans le trahir : *Deus sive Natura sive Homo*. À ses yeux en effet, chaque humain est un morceau minuscule de la Nature, donc de Dieu.

Ce n'est pas à cause de ce *Court traité* mais pour avoir prétendu que les Livres de Moïse avaient été écrits par un autre homme, que Spinoza fut exclu, le 27 juillet 1656, à vingt-trois ans, de la communauté juive d'Amsterdam, en ces termes : « Qu'il soit maudit le jour, qu'il soit maudit la nuit, qu'il soit maudit pendant son sommeil et pendant qu'il veille. » Ses juges ont même cru bon d'ajouter : « Veuille l'Éternel ne jamais lui pardonner. Veuille l'Éternel allumer contre cet homme toute sa colère et déverser sur lui tous les maux mentionnés par le Livre de la Loi ; que son nom soit effacé en ce monde et à tout jamais. » Sa proscription a quelque chose de christique, qui m'a permis de concilier aisément sa philosophie et ma foi.

Mon spinozisme fait doucement rigoler papa. Et comme il ne fait pas le poids face à maman en philosophie, il prend sa revanche sur moi. C'est facile, je suis parfaitement incapable de soutenir la moindre conversation avec lui sur Spinoza ou sur quelque sujet que ce soit.

Papa semble toujours en train de potasser des examens. À peine a-t-il fini ses heures supplémentaires pour l'imprimerie qu'il lit des livres à la chaîne, jusque très tard dans la nuit. Souvent, la loupiote de son atelier est encore allumée, à deux ou trois heures du matin, quand je me lève pour faire pipi. C'est un polyglotte encyclopédiste. Il parle couramment cinq langues. L'anglais, le français, l'allemand, l'italien, le russe. Sur le tard, il se mettra au chinois et au yiddish. Ça fait sept. Je suis toujours étonné de son savoir quand il nous fait visiter le musée des

Offices, à Florence, ou la Scuola di San Rocco, à Venise. Il peut improviser une conférence sur Giotto ou sur Le Tintoret. En ce qui concerne la littérature, sa science est sans fin. Il met plus haut que tout Homère, Shakespeare, Balzac ou Dostoïevski, mais s'amourache sans cesse d'auteurs contemporains comme Céline, Aymé, Malamud, Bellow, Roth, Grass ou, plus tard, Tournier.

L'histoire des civilisations est son domaine de prédilection. Il a la tête pleine de peuples morts dont il parle comme s'ils étaient vivants. Les Aztèques, les Mayas, les Scythes, les Aryens ou les Mésopotamiens. Il croit que, depuis la nuit des temps, l'humanité ne fait que tourner en rond. C'est pourquoi il considère avec tant de dédain les baudruches qui pérorent, en surplombant leur petit siècle. Papa ne compte pas en décennies, mais en millénaires.

Devant lui, j'ai toujours l'impression d'avoir une cervelle de lièvre que je perds en courant. D'autant qu'il n'arrête pas de me chercher, pour mieux m'enfoncer. Un jour, il prétend, par exemple, que le christianisme n'est que le fruit d'une semence bouddhiste rapportée d'Asie par des marchands et qui se serait propagée en Europe avant d'essaimer dans le monde. Pour preuve : tous les mots hindous qui figurent dans la Bible. Une autre fois, il m'assure que le spinozisme n'est qu'une nouvelle mouture de taoïsme

qui disait déjà que tout est dans tout, deux millénaires auparavant. À la différence près que le
Tao-tö-king se lit plus aisément que *L'Éthique.*
Papa est un adepte de la théorie de l'éternel
retour.

Je ne réponds jamais. Je vais aux toilettes et,
souvent, il continue son discours derrière la
porte.

19

À la ferme de Bosc-Roger, je deviens très vite l'exécuteur des basses œuvres. Le préposé aux tueries. L'assassin du dimanche. Du jour où papa avait raté le coq, quelques années plus tôt, c'était maman qui abattait les bêtes. Elle avait ça en horreur. Je revois encore son affreuse grimace après qu'est tombé le marteau ou la serpe sur la volaille qui se tortille à ses pieds. Elle détourne la tête, prête à jeter du cœur sur l'herbe, avant de s'assurer, d'un œil averti, qu'elle n'a pas raté son coup.

J'ai treize ans quand maman me passe le relais. Je procède comme elle. Je fracasse au marteau le crâne des lapins : un coup bien ajusté sur la nuque, juste derrière les oreilles que j'ai préalablement relevées, et c'en est fini. Je décapite les canards et les poulets : en l'espèce, l'affûtage est décisif et, comme les bons bouchers, je vérifie mon fil avant l'exécution. Je ne fais ni les chèvres ni les moutons que j'aime, en tout cas pour les premières, comme des petites sœurs.

Le dimanche, c'est toujours tuerie, à la maison. Parfois, le samedi aussi. J'ai donné la mort à des centaines et des centaines de bêtes. Les psychanalystes de poche diront sûrement que je tuais papa quand je perpétrais mes massacres. Je ne le crois pas. J'aurais éprouvé du plaisir. Or, il n'en est rien. Je me sens sale. Sale, déjà, quand après m'être emparé du lapin dans le clapier, je l'amène en le caressant, pour le calmer, sur le lieu du sacrifice. Sale, plus encore, quand je cours, pour l'attraper, après le poulet piaulant qui finit par tomber en arrêt, à bout de souffle, les ailes en croix. Sale, surtout, après avoir porté mon coup, quand les pattes de la bête repoussent la mort, avec frénésie, et que le clapotis de la vie glouglloute ses bulles rouges. Ça lutte comme ça peut pendant une minute ou deux, et puis le calme revient.

Je me sens sale et j'ai honte chaque fois. Comme si je venais de commettre un crime contre la beauté du monde. Contrairement à maman, j'observe toujours le spectacle, même s'il ne m'inspire que dégoût. Souvent, je vois la mort qui passe, comme un rideau qui se ferme, subitement, dans les yeux de la bête, tandis que l'herbe suce doucement ses derniers bouillons de vie. Preuve que les animaux aussi ont une âme.

C'est pourquoi je m'applique. J'ai encore en tête l'image de ce lapin qu'avait, si j'ose dire, tué pour nous une vieille voisine du quai d'Orival, au bord de la Seine. Après l'avoir assommé d'un revers de main, elle lui arracha un œil, pour le saigner, puis le dépouilla et lui vida les boyaux. Quand elle l'apporta à maman pour qu'elle le mette au réfrigérateur, la bête se mit à gigoter dans son plat en verre. On aurait cru qu'elle cherchait à se redresser.

« C'est pas grave, dit la vieille.

— C'est affreux, fit maman.

— C'est nerveux. »

Il fallut tuer le lapin une seconde fois. Je ne me suis jamais rendu coupable d'un crime de ce genre. Tuer est une science. Je ne me donne pas le droit à l'erreur. Je ne supporte pas la souffrance. Ni le sang.

Certains jours, pourtant, je suis couvert de sang. Avant mes tueries, je prends toujours la précaution, comme maman auparavant, de chausser de grandes bottes. Mais lorsque, à mes pieds, les bêtes protestent contre leur agonie et que j'ai le malheur de me pencher un peu trop par-dessus, elles me jettent leurs postillons sanglants jusque sur le visage. Je déteste ça.

Je retrouve toujours une sorte de bien-être quand j'écorche ou plume la bête avant de lui fendre le ventre pour y plonger la main et en sortir les boyaux vivants. J'éprouve même un cer-

118

tain ravissement alors qu'ils enlacent mes doigts en fumant leur odeur douce et sucrée. J'aime leurs baisers juteux. La bête m'appartient, désormais. J'en fais ce que je veux. Je la pelote, je la découpe, je lui donne une seconde vie.

Papa feint de ne pas s'intéresser à mes activités mortifères. Le dimanche matin, quand je vais tuer mes bêtes pour le repas de midi et le reste de la semaine, il s'arrange toujours pour disparaître. Il revient juste pour mettre ses pieds sous la table et s'emplir la panse de mes spécialités. La pintade aux choux, que je cuis à la cocotte, après l'avoir fait revenir avec des oignons, des échalotes, des pommes en l'air et de terre. Le lapin aux anchois, une recette de maman, que je crois avoir améliorée en ajoutant de l'ail et de la poudre de noisettes.

Je fais souvent la cuisine, le dimanche. Pendant ce temps, maman, aidée par mes deux sœurs, passe toutes les pièces de la maison au balai et à l'aspirateur, avant de s'attaquer à la lessive de la semaine. Moi, je ne prépare que les viandes que j'ai tuées. À charge pour ma mère d'assurer les desserts qu'elle a une fâcheuse tendance à bâcler mais que j'engloutis joyeusement, comme son entremets de tapioca aux œufs.

Je ne suis pas seulement le tueur nourricier, à la maison. Je suis aussi l'ange exterminateur qui mène une guerre totale aux souris et aux taupes. J'empoisonne les premières, mais, parfois, mon exaspération est si grande devant leur invasion continuelle, que je les supprime à coups de pied ou de bâton, tandis que fusent leurs petits cris d'effroi qui m'attendrissent encore au moment où j'écris ces lignes. En ce qui concerne les taupes, je suis passé maître dans l'art de les piéger, et les voisins, souvent, font appel à mes services. Je place mes engins de mort dans toutes les galeries en même temps, y compris sous les taupinières les moins fraîches. Avec moi, les bêtes ne s'en sortent jamais. Je vends leurs peaux en ville.

Je suis aussi le bourreau des chats. En arrivant à Bosc-Roger, mes parents, excédés par la prolifération des souris, s'étaient procuré une chatte. Elle commit l'erreur de mettre au monde sa première portée, nuitamment, dans ma chambre, au pied de mon lit. Le lendemain, j'avais tué tous les chatons à coups de marteau. Sauf un. Depuis, elle donnait le jour à ses petits loin de nous, dans des cachettes introuvables, au bout d'une haie ou derrière du vieux bois.

Quand elle venait nous les présenter, quelques semaines plus tard, ils avaient l'air de peluches. Le poil ébouriffé, l'air joueur, les yeux pleins de ciel. J'avais du mal à les attraper, davantage encore à les liquider. Régulièrement, j'en graciais un. Tant et si bien que nous nous retrouvâmes, un jour, au milieu d'une mer de chats qui nous déferlait dessus, dès que nous sortions de voiture, en fin de journée, et qui miaulait à gorge déployée jusqu'à ce qu'on lui ait servi son manger.

Nous avons parfois jusqu'à cinquante chats, ce qui met maman hors d'elle. Il faut lui éviter les contrariétés. C'est mauvais pour son ulcère. Et je ne peux lui donner tort : outre le ridicule de la situation et les nuisances de toutes sortes pour le voisinage, ils n'ont même pas la gratitude du ventre. Passe encore pour leurs concerts nocturnes devant la porte de la maison, quand ils estiment n'avoir pas reçu leur content. Ma mère ne leur pardonne pas, surtout, cette déplorable habitude qu'ils ont de manger les pattes que les lapins laissent passer à travers la grille du clapier, quand ils prennent le soleil. C'est ainsi que nous avons plein de lapins manchots, à la maison. Parfois, cul-de-jatte aussi.

Certaines années, ma mère décide donc de procéder à ce que j'appelle un « grand massacre » et qui consiste à exterminer la plupart des chats, au petit bonheur. Papa, lui, ne veut pas en entendre parler. Il reste fidèle à sa maxime : « Cachez ce sang que je ne saurais voir. » C'est donc sur mes épaules qu'échoit l'office, assisté de maman, d'ordonnateur du « grand massacre » biennal ou triennal, c'est selon. J'ai ça en horreur.

Ma méthode d'extermination est bien rodée. Je mets les chats à la diète pendant une journée. Le lendemain, je creuse un grand trou. Muni de gants de jardinage pour me protéger des griffures, je les attrape en leur présentant des morceaux de viande, les enferme dans un seau à couvercle rempli de chloroforme puis, quand ils sont endormis, leur brise la tête à coups de maillet avant de les jeter dans mon charnier de fortune.

Tandis que maman et moi tuons les chats à la chaîne, mes frères et mes sœurs nous agonisent d'injures. Un jour, papa se joint même à leur chœur et nous jette des pierres, mais de loin, sans trop s'approcher, comme s'il craignait de voir la mort en face. Cette fois-là, il est vrai, nous commettions le « grand massacre » devant la maison, et non dans le coin discret du clos, derrière un bâtiment, que l'on réservait d'ordinaire aux sacrifices d'animaux.

Après des années de ferme, papa ne s'est jamais habitué à la mort. Je vois bien qu'il a les yeux humides chaque automne, quand le maquignon charge dans la bétaillère ses bœufs ou son veau sous la mère. J'observe aussi que, contrairement à maman, il ne se précipite jamais pour rendre hommage aux morts, sitôt qu'ils ont poussé leur dernier soupir.

Moi, avec mes mains rouges, la mort ne me fait pas peur. Mais l'idée de mourir, parfois, me terrorise.

20

À quarante-sept ans, papa a déjà des cheveux de neige. Il me semble aussi vieux, parfois, que mes deux grands-pères. Mais, de plus en plus souvent, un bon sourire se glisse entre ses joues. Il s'est mis à peindre. Des paysages de Normandie. Des mares, des champs de pommiers, des ciels tumultueux. Ça le calme. Il présente même, parfois, certains signes extérieurs du bonheur, un mélange d'indolence et d'insouciance.

Disons qu'il fait des pauses dans son malheur et que la vie lui répugne moins. Je prends toujours des roustées, une ou deux par mois, mais il ne porte plus la main sur maman, qu'il traite, désormais, avec une affection bourrue. C'est grâce à la peinture, j'en suis sûr. Son petit bonheur est là, derrière ses pinceaux. Il n'est pas en face, ni au loin. Encore moins dans l'opulence américaine, qui continue de le révulser.

Lors d'une visite à ses parents, aux États-Unis,

papa a été convoqué par Alexander Proudfoot, le frère de grandma, l'un des grands manitous de Chicago. Des petits yeux porcins, la peau luisante, le ventre en tambour. Le genre qui ne perd pas de temps et qu'harasse la lenteur du monde. Avec ça, une poigne très franche d'homme de parole, prêt à mourir pour un dédit ou un faux bond.

Il est à la tête d'une énorme compagnie, spécialisée dans le conseil de gestion qui porte son nom. Il l'a fondée tout seul, quelques décennies plus tôt, dans une petite pièce minable, au cœur d'un quartier pourri, comme dans les contes de fées américains. Ses nombreux mariages ne lui ayant laissé que des pensions alimentaires à payer mais aucun enfant, Alexander Proudfoot a décidé de céder son empire à mon père, son neveu, afin qu'il en assure la postérité familiale. Il croit au sang bien plus qu'en Dieu.

Avant leur entretien, au siège de l'Alexander Proudfoot Company, grandma a dit à mon père que cette proposition est la chance de sa vie. La bonne pioche. Qu'il devient tout racorni, dans sa ferme normande, à écouter tomber la pluie qui ne s'arrêtera pas de sitôt. Surtout que c'est comme ça depuis des siècles, il n'y a pas de raison que ça cesse. La Normandie a certes enfanté Flaubert et Maupassant, mais qu'en a-t-elle fait ? Des neurasthéniques.

À qui papa fera-t-il croire qu'il n'a jamais rêvé,

lui aussi, de gloire, d'or, de soleil et d'avions privés? « Il n'est que temps, lui dit grandma, de sortir de l'obscurité où la France t'enferme pour accepter la lumière qui s'offre à toi et devenir l'un des grands personnages du pays, morbleu. »

Papa n'aime pas vraiment le Crésus de la famille. Trop égocentrique, trop branquignol aussi. Il prétend toujours tout dominer, mais laisse ses propres désirs le mener par le bout du nez. Pour maigrir, un diététicien a conseillé, par exemple, à l'oncle Alex de manger un bifteck tous les matins, au petit déjeuner, et de faire ensuite une longue marche. Il ne suit que la première partie du régime. Quand il conduit lui-même sa voiture, le dimanche, il lui arrive de faire des courses d'une centaine de miles sur l'autoroute, en oubliant sa destination, sous prétexte qu'un morveux a osé le doubler. Il prétend qu'il gagne toujours.

J'imagine qu'Alexander Proudfoot a les mains sur le ventre, quand il reçoit papa. Il a un tic. Il pianote sur sa bedaine, l'air primesautier et le regard en coin, pendant cette conversation que grandma m'a souvent rapportée par la suite, avec une consternation jamais atténuée par le temps.

« Je vais faire de toi l'un des hommes les plus riches des États-Unis, dit l'oncle Alex.

— Et alors?

— Tu pourras t'acheter ce que tu voudras.

Voyager. Commencer une collection de tableaux. Donner la meilleure éducation à tes enfants.

— Je ne peux pas accepter.

— Pourquoi ça ?

— J'ai trop peur d'être malheureux.

— Parce que tu ne l'es pas aujourd'hui ?

— Je le serais encore davantage. J'étoufferais.

— Un patron n'étouffe jamais. Est-ce que j'ai l'air d'étouffer ? je te demande un peu...

— Je suis un artiste. J'ai besoin de peindre, de respirer, de prendre mon temps, et puis je ne sais pas comment je pourrais vivre sans pouvoir regarder une seule fois dans la journée les yeux d'une vache. »

Je ne sais rien de plus sur leur échange mais je sais qu'Alexander Proudfoot en fut si marri qu'il déshérita papa. Sur le coup, j'en voulus beaucoup à mon père. Il me semblait qu'il avait mal défendu les intérêts de la famille. Au lieu de le provoquer, il aurait pu vendre à son oncle une solution de rechange. Moi, par exemple. J'avais seize ans. Il suffisait de me former et j'aurais fait l'affaire.

Son attitude avait plongé grandma dans les affres de l'affliction, et elle répétait, en levant les yeux au ciel et en se tordant les mains :

« Tout ça pour les yeux d'une vache ! »

L'oncle Alex crut trouver sa vengeance en couchant sur son testament à peu près tout le monde, sauf papa. Mais mon père s'en fichait. Il se fichait de l'argent. De l'apparence aussi. Il la soignait si peu, certains dimanches, qu'on aurait pu le prendre, avec ses hardes, pour une sorte de vagabond des champs, tandis qu'en écho maman, fascinée par les penseurs du dénuement, s'habillait volontiers en clocharde.

Maman et lui nous ont élevés dans la haine de l'argent et de l'apparence. Il n'y a jamais rien sur leur compte en banque mais c'est déjà trop. Il faut être bien riche pour vivre ainsi, comme des pauvres. Il est vrai que leurs parents sont assez à l'aise pour leur signer un chèque, de temps en temps, quand ils crient famine.

Mon père dit souvent, non sans quelque mauvaise foi, que l'histoire de l'humanité a été faite par des gens qui n'obéissaient pas au principe d'accumulation.

Ma mère, elle, prétend qu'il n'y a pas de système de pensée, digne de ce nom, qui ne fasse référence à l'argent, sans le honnir. C'est pourquoi Nietzsche n'est, à ses yeux, qu'une moitié de philosophe, et encore. Le pauvre vieux croit avoir tout pensé alors qu'il a oublié l'argent et la vanité qui, si souvent, font la paire. Pas un mot ni sur l'un ni sur l'autre dans *Le gai savoir* ou *Par-delà le bien et le mal.*

« Non, mais je rêve », s'étrangle maman.

Au nom de quoi, elle met à Nietzsche un zéro pointé et place Pascal ou même Hobbes bien au-dessus de lui.

Avec de pareils antécédents, je ne peux que vénérer l'argent et je ne manque pas de le faire, pendant toute une partie de mon adolescence. Je vole maman. De temps en temps, je prélève dans son porte-monnaie des sommes si importantes, certaines fois, qu'elle ne peut négliger de le remarquer, même si elle ne m'en a jamais parlé. Si j'avais eu le sens de l'honneur, j'aurais fait les poches de papa. Mais je ne suis pas assez inconscient pour avoir ce courage.

À cette époque, je dois l'avouer, j'ai souvent honte de mes parents. Le dimanche, surtout, quand ils reçoivent, dans leur tenue de gueux, des visites inopinées de la famille ou d'amis. Au fil des ans, j'éprouve même de plus en plus de gêne à passer mes vacances avec eux. Dans le genre chiche, ils en font trop. Jamais de repas au restaurant ni de rafraîchissements en terrasse de café. Avec eux, c'est tous les jours piquenique, et leur fausse pouillerie exaspère le petit mufle de la bourgeoisie conquérante qui sommeille en moi.

Il n'y a pas d'orgueil à être pauvre. Mes parents en tirent gloire. Aussi souvent en loques qu'ils le peuvent, maman est une vraie chrétienne et papa, un bon taoïste. À cause de leurs crédits à payer, pour la ferme ou pour leurs deux voitures, ils nagent dans l'indigence comme d'autres dans l'opulence. Mais avec le même air comblé. Ils aiment l'idée de soulever la réprobation des gens de bien. De leurs enfants aussi.

Je me souviens d'un été pourri à Saint-Jacut-de-la-Mer, en Bretagne, où, pour économiser les frais d'un camping, ils plantent la tente en plein champ, près de la mer. Toute la famille passe les vacances à claquer des dents, sous la pluie.

Je me souviens aussi des voitures de papa qui tiennent à la fois du tracteur et du camion poubelles. Quand le maire d'Elbeuf décide de raser le quartier du Puchot, l'une des sept merveilles de la région, pour y couler son béton, mon père, horrifié, entreprend de sauver du feu le plus de poutres possible. Il en rapporte des dizaines et des dizaines qu'il stocke dans la cour. Elles sentent bon l'Histoire mais transforment peu à peu notre clos en antre de ferrailleur. Jusqu'à ce qu'elles soient reléguées dans un bâtiment où elles moisissent peut-être encore.

Certaines saisons, notre clos de La Capelle ressemble à un parc animalier domestique. Cette fois-ci, c'est ma faute. À quatorze ans, pour gagner de l'argent, je me suis lancé dans l'élevage. Je vends ma production, sur commande exclusivement, et la livre moi-même en ville, prête à cuire, sur mon vélomoteur. Je fais du lapin, du poulet, du canard et de la pintade.

Je suis un volailler sentimental, qui s'attache à certaines bêtes, particulièrement liantes. J'ai du mal à les tuer. Surtout quand elles font partie de mon élevage, et non de celui de mes parents, car alors, c'est moi le seul responsable de leur mort. Je me rappelle avoir beaucoup pleuré avant et après la décapitation d'un canard-dinde de mes amis.

Mais je dois veiller à la rentabilité de mon entreprise. Je suis en train de devenir le petit mufle que j'ai dit plus haut, intraitable et cupide. J'ai mis au point une double comptabilité. Au lieu que l'achat des céréales soit équitablement partagé entre l'élevage familial et le mien, je roule mes parents dans la farine. Je fais ma pelote. Je vais au café. Je fais le joli cœur en ville. Je m'achète des livres, des disques et des chemises.

J'ai toujours l'intention de devenir écrivain. Le soir, quand je ne lis pas, j'écris l'un de mes deux ou trois romans annuels, où je plagie désormais Dostoïevski, Styron, Nourissier, Le Clézio, Céline ou Mailer. Mais je commence à envisager aussi une carrière d'industriel du poulet. J'ai tout pour devenir le roi de la volaille normande. L'expérience. La compétence. Le souci de la qualité. La preuve : je n'arrive pas à satisfaire la demande. Il faudrait que j'investisse, mais je crains de passer à la vitesse supérieure avant mon baccalauréat.

Mon affairisme désole papa. Un soir, après que je me suis acheté un costume, il vient me raisonner dans ma chambre :

« J'espère pour toi que tu ne vas pas gaspiller ta vie en essayant de t'enrichir. Sinon, tu seras très malheureux parce que tout ce que tu construiras s'écroulera toujours comme un château de cartes.

— Je veux juste ne jamais manquer.

— C'est toi qui décides si tu manques ou pas. "Qui se contente est riche", disait Lao-tseu. »

Je ne réponds pas. Je ne discute jamais avec papa. C'est un principe. Sur cette question, je connais, de surcroît, son discours par cœur. Comme Arnold Toynbee qui est l'un de ses maîtres à penser, il ne croit qu'aux civilisations. Pas aux réussites individuelles.

J'aurai le loisir de méditer son avertissement, quelque temps plus tard, quand je verrai disparaître l'imprimerie Allain qui n'a pas survécu à la mort de papi. Ou bien quand je suivrai le déclin de la société de l'oncle Alex qui, sur sa chaise roulante, bouffé par le diabète et le cholestérol, soudoie son infirmière pour qu'elle l'approvisionne en sodas, à l'insu de son épouse, et qui prend la détestable habitude de rameuter son état-major de tous les coins du continent, pour jouer au bridge.

Mais je me dirai encore longtemps, en désaccord avec papa, que la vie serait trop triste à vivre si on n'avait pas des châteaux de cartes dans la tête.

21

Un jour, maman décide qu'il faut changer les bols dans lesquels nous buvons notre café au lait du petit déjeuner. Ils sont tous ébréchés et ça l'horripile. Elle en achète une dizaine, incassables, dans l'un des supermarchés d'Elbeuf. En plastique blanc, je me souviens, mais qu'on dirait en porcelaine. Encore qu'au contact des cuillers, ils émettent un bruit sourd, et non ce tintement musical, propre à la vaisselle habituelle.

Le matin où il découvre les nouveaux bols sur la table de la cuisine, dressée par maman pour le petit déjeuner, papa a tout de suite un mauvais pressentiment. Après avoir cogné une cuiller contre un des bols pour vérifier son intuition, il ne parvient pas à dominer sa colère. Il blêmit, fronce les sourcils, prend tous les bols, y compris ceux qui sont dans le placard, les empile à côté de lui et commence à les casser l'un après l'autre. Il les jette sur le carrelage où ils résistent à peu près comme prévu et les finit au pied, l'air appliqué.

Maman descend précipitamment de sa chambre où elle achevait de s'habiller. Ses talons hauts jouent du tambour sur les marches de l'escalier. Un tambour militaire, très en colère.

« Mais qu'est-ce qui te prend ? proteste-t-elle.

— Je ne supporte pas le plastique.

— Tu as vu ce qu'étaient devenus les bols ? Il fallait les remplacer.

— Moi vivant, il n'y aura jamais de vaisselle en plastique dans cette maison. Jamais. »

Rien ne sert de raisonner papa que maman observe, effarée, avant de remonter dans sa chambre en maugréant. Il continue le massacre. Jusqu'au dernier bol. Il n'y a pas si longtemps, ma mère aurait pris une raclée, après ça, mais maintenant qu'il ne la bat plus, il entend juste se faire respecter. C'est en tout cas ce qu'il dit.

Papa a la phobie du progrès. Je ne vous donnerai pas la liste complète de ce qu'il abomine, ça prendrait trop de pages, mais le plastique arrive en tête de ses exécrations avec le béton, le Formica, le nucléaire, la télévision, le linoléum, l'aggloméré, le contreplaqué, l'Union soviétique, les engrais chimiques, les États-Unis, le gaullisme, la pop, les militaires, le rock et même la publicité dont, pourtant, il vit, quoique chichement.

Maman, elle, aime le progrès, même si elle a

tendance à penser, sitôt après l'avoir essayé, qu'il a fait son temps. Elle dévore les magazines qui donnent le *la*, *L'Express* pour les cadres ou *Elle* pour les femmes. Elle adore les chansons des Beatles et de Joe Dassin. C'est une démocrate-chrétienne qui penche de plus en plus à gauche.

Je me range, bien sûr, du côté de maman. Politiquement, je ne comprends pas bien papa. Il cite souvent Trotski, dont il connaît par cœur la vie et l'œuvre, mais répugne à se dévoiler, comme s'il n'était pas sûr de ses convictions. À moins qu'il ne les juge trop contradictoires pour en faire part. Sa haine du communisme et sa peur de l'Union soviétique le font souvent rejoindre les positions des conservateurs américains. C'est une sorte de trotsko-nixonien qui s'accommode volontiers des extrêmes pourvu qu'ils ne soient pas staliniens.

À propos de la guerre d'Algérie, papa a des idées très arrêtées. Lecteur assidu du *Spiegel*, de *France-Observateur* et du *Canard enchaîné*, c'est un anticolonialiste qui ne jure que par le droit des peuples à disposer d'eux-mêmes. Dès l'insurrection de la Toussaint, en 1954, il est partisan de l'indépendance. Maman aussi, mais avec moins de virulence.

Quand le général de Gaulle revient au pouvoir, en 1958, je n'ai que neuf ans mais c'est assez, à mes yeux, pour avoir une opinion tranchée sur l'Algérie. Je la veux française. Papa est consterné. Il n'a jamais porté la main sur moi à propos de ce différend ni d'aucun différend politique d'ailleurs, mais je suis sûr que ça n'est pas l'envie qui lui manque. Surtout quand je prends parti, en 1961, pour les généraux du putsch d'Alger. J'achète tous les jours *L'Aurore*, le quotidien de l'Algérie française, et le lis, la main tremblante, dans un état d'agitation extrême. Il ne faut pas me chercher. L'heure est grave. Je suis à cran.

Il suffit de regarder la photo des officiers félons dans la presse, avec leur mine sévère, un peu hagarde, pour se dire que leur rébellion n'ira pas loin. Raison de plus pour la soutenir. J'ai déjà compris qu'il faut toujours se ranger du côté des vaincus. C'est la meilleure façon de ne pas se tromper.

Je sais que la meule de l'Histoire roulera sur les harkis, les pieds-noirs ou les généraux put-schistes, et j'aime Raoul Salan, le chef de la rébellion, comme j'ai toujours aimé, à quelques exceptions près, les ennemis publics recherchés par toutes les polices. Il a le visage égaré de celui qui finira dans un cul-de-basse-fosse. Même si je lui trouve quelque chose de mésavenant, il me fascine, car il s'est mis dans un mauvais cas au nom d'un mot démodé qui, déjà, n'a plus cours : l'honneur.

Je suis pour l'Algérie française autant que pour la France algérienne. Les Arabes que je croise dans les rues d'Elbeuf où ils passent comme des ombres, l'air si triste, ce sont mes frères. N'était ma timidité maladive, je les embrasserais tous et leur dirais que, pour moi, ils seront toujours français. J'en connais plusieurs. Des manœuvres ou des manutentionnaires rencontrés dans les cafés des mauvais quartiers, que je commence à fréquenter. Ils serrent les dents quand je cherche à parler politique. J'imagine qu'ils sont d'accord avec moi, mais n'osent me l'avouer, de peur d'apparaître traîtres à leur peuple.

Parmi eux, j'aime plus particulièrement Ahmed, un grand échalas au front haut mais sans bouche, maçon de son état. Il parle comme dans les livres. Par exemple : « La vie est une balançoire. Dès qu'on va d'un côté, c'est pour aller de l'autre. Après le malheur, le bonheur, toujours, revient. » Il ne sait ni lire ni écrire, mais j'ai le sentiment qu'il sait plus de choses que moi.

Après l'arrestation du général Salan, je suis désespéré. Je ne supporte pas la France, sa lâcheté, sa mauvaise foi, sa bonne conscience, et envisage sérieusement de m'exiler, dès que je le pourrai, aux États-Unis. En attendant, pour marquer le coup, je porte le deuil. Comme j'ai peu de vêtements noirs, j'enfile les mêmes plusieurs jours de suite. Autant dire que je ne sens pas la rose. Papa est consterné.

Un an plus tard, je me remets à peine de mon chagrin que tombe la nouvelle de la mort de Jean XXIII. Je me souviens d'avoir pleuré des heures, la nuit suivante, dans mon lit, cet homme qui fut le seul vrai héros de mon enfance. J'avais neuf ans, au début de son pontificat, quatorze à la fin, et il me semble que c'est le pape qui m'a mis au monde, politiquement du moins, avec ses encycliques *Mater et Magistra* ou *Pacem in terris,* deux textes que je lisais si souvent que j'en connaissais plusieurs passages par cœur. M'y replongeant récemment, je pus vérifier comme ils m'étaient restés familiers. Bien que j'eusse été incapable de les réciter, j'avais le sentiment de relire des mots déjà gravés en moi, avec cette tristesse si particulière qui vous gagne quand on visite une maison où on a longtemps vécu.

Après la mort du pape, je me sens orphelin. J'ai besoin de participer à quelque chose qui me dépasse. De me laisser envahir par ce va-et-vient qui gouverne le monde et nous réconcilie avec lui, avant de nous en arracher, puisque c'est toujours quand on croit l'avoir trouvée que l'harmonie nous quitte. Avec Jean XXIII, l'Église m'avait donné un second père, saint de surcroît, auquel j'obéissais au doigt et à l'œil. Avec Paul VI, je ne me retrouve pas. Je le déteste instinctivement comme on déteste les usurpateurs. Sous son règne, quelles que soient ses qualités, je sais par avance que la papauté retournera à ses rites et à ses pompes dont la vanité me soulève le cœur.

Je ne saurais dire à quelle occasion j'ai découvert dans le communisme un peu de ce que j'aimais tant dans le christianisme. Peut-être une conversation avec des militants, sur un marché, quand j'avais quatorze ans. À moins que ce ne soit une discussion au Ciné-Club du lycée, où l'on repasse indéfiniment les mêmes films d'Eisenstein, *Octobre* ou *Le Cuirassé « Potemkine »*. Mais autant que je me souviens, c'est le visage de Waldeck-Rochet, secrétaire général du parti communiste, qui m'a retourné. L'air fatigué, l'œil triste, l'accent roulant, cet homme respire la bonté, une bonté pure et naïve de saint catholique. Il me fait penser à Jean XXIII. Sauf qu'il n'a aucun charisme et rase les murs, comme si sa foi portait malheur.

Il me semble que les militants communistes parlent, au mot près, comme le Dieu des Psaumes, que je vénère tant : « C'est pour la violence aux opprimés, pour le soupir de l'indigent, que je me dresse maintenant. » Moi aussi, je me dresse. J'ai le cœur serré devant les sorties d'usines quand, au son des sirènes, les portes s'ouvrent et dégorgent leur lave d'ouvriers. Souvent, leurs visages gris disent qu'ils ne demandent même pas à vivre, juste à survivre. Leur malheur me fascine. Je veux le partager.

Quand je lui fais part de mes nouvelles sympathies, papa est accablé. Qu'il soit un antisoviétique enragé n'est pas étranger à l'attrait que le communisme exerce sur moi. C'est ma manière de me venger des raclées qu'il continue de me donner à un rythme soutenu, pour de bonnes ou de mauvaises raisons. Mais j'ai besoin aussi de baigner dans une certaine ferveur et les militants communistes savent me la donner.

Après que papa m'a fait lire *La révolution trahie* de Trotski, je lui dis :

« Je suis sûr que l'Union soviétique est un régime affreux, mais tu ne m'enlèveras pas de la tête que les communistes sont des gens très bien.

— Les communistes seraient tous formidables s'il n'y avait pas le communisme. »

J'entends encore sa voix prononcer ces mots. J'ai tout de suite pensé que c'était une grande phrase. Papa en fait souvent, dans ce genre : « L'ignorance n'arrête pas de faire des progrès. Sinon l'Union soviétique ne serait pas aussi populaire. » Ou encore : « Les communistes sont des cocus. C'est pourquoi leurs chefs les trompent. »

J'aime les chœurs sourds des militants quand, de leur pas lourd, ils battent la chaussée. J'aime la frilosité métaphysique qui les pousse, même par temps chaud, à se serrer les uns contre les autres. J'aime leur sourire de chien battu et particulièrement celui de Waldeck-Rochet, un petit frémissement aux commissures, les yeux baissés.

Mais quelque chose me retient. Je ne sais si c'est le ridicule effrayant des cérémonies militaires dans les pays marxistes, le ridicule abject des brochettes d'apparatchiks à tête de vicieux sur les tribunes ou le ridicule abyssal des imbéciles qu'exalte, à travers le monde, le radotage débile de Brejnev, Mao ou Castro. Je ne hais pas assez papa pour devenir complètement communiste.

22

Avec le temps, papa me fait de la peine et je ne ressens plus contre lui les mêmes envies de meurtre qu'autrefois. Même quand il me flanque une trempe et que, par terre, sur le carrelage de la cuisine ou dans l'herbe du clos, j'observe au-dessus de moi son visage que défigurent la colère et la haine. J'attends que la crise passe.

Le dimanche et même le samedi, il prend souvent le large avec son meilleur ami, le peintre Michel Leclerc, un joyeux drille qu'il a connu naguère au bureau de dessin de l'imprimerie. Ils partent pour des virées très arrosées sur la côte normande, généralement à Honfleur dont ils sont devenus les piliers du port. Il en revient avec des toiles qui ne révolutionnent pas la peinture mais où danse, souvent, une joie de vivre que je ne lui connaissais pas.

À Bosc-Roger, il m'a laissé le champ libre et je suis devenu le coq de la ferme, à charge d'âmes, dressé sur ses ergots, avec qui il lui faut se colleter chaque fois qu'il veut récupérer ses droits sur sa propriété. J'ai pris une certaine assurance. J'envisage de plus en plus sérieusement d'acheter un jour, quand je serai riche, le grand château qui se dresse, sur la route de Thuit-Signol, à quelques centaines de mètres de la maison familiale, et d'où il me sera facile, le jour venu, de veiller sur maman.

Rien que pour humilier papa qui, à son âge, joue encore les artistes bohèmes, je sens grandir en moi une vocation de châtelain. Mais mon père n'est plus si méconnu. Sur le tard, il est même en train de devenir une petite gloire locale avec ses tableaux impressionnistes, un peu trop dessinés, que les bourgeois du coin commencent à s'arracher. Il a reçu le grand prix du salon des artistes elbeuviens et sa photo apparaît de plus en plus souvent à la « une » du *Journal d'Elbeuf.*

S'il se cantonne à la peinture régionaliste, c'est sans doute parce qu'il a plein de complexes. Il souffre de la comparaison avec son père. Grandpa est un grand peintre. Illustre inconnu qui plus est, et fier de l'être. Il gagne déjà beaucoup d'argent avec ses portraits à la commande des pontes de la finance et de l'industrie américaines. Il craint d'en gagner trop avec ses toiles, s'il s'avisait de les mettre sur le marché, et préfère donc les stocker chez lui, au nom d'une théorie qui lui a été soufflée, j'imagine, par Milton Friedman ou un économiste de ce genre.

« Si je commence à commercialiser mes peintures, m'explique un jour grandpa, je vais me retrouver très riche d'un seul coup.

— Et alors ? dis-je.

— Les inspecteurs du fisc débouleront à la maison pour évaluer celles que j'ai gardées. Je vais être obligé de payer l'impôt sur le capital.

— Où est le problème ?

— Je n'ai pas envie que l'État fourre son nez dans mes affaires.

— Il te faudra juste remplir des papiers.

— Tu parles ! On viendra régulièrement farfouiller dans mon atelier ou dans ma cave, pour vérifier que je ne raconte pas de blagues. Je ne peux pas supporter cette idée. Vivons heureux, vivons caché, c'est ma devise. De toute façon, je suis bien assez riche comme ça. Je n'ai besoin de rien de plus. »

Comme il ne vend pas ses toiles et qu'il passe son temps à peindre, elles s'entassent dans son atelier et il lui faut, parfois, faire de la place pour les suivantes. Un été, je me trouve chez lui, à Harbert, quand ma chambre se remplit brusquement d'une odeur âcre de fumée. Je sors. Devant son atelier, grandpa a allumé un grand feu où brûle un gros ramas de peintures. D'autres attendent leur tour, en tas, à côté, et il en apporte encore. Je proteste :

« Mais pourquoi fais-tu ça ?

— Parce que je croule sous les toiles.

— Tu n'as qu'à les donner.

— Si j'en donne à mes amis, je ne me fais pas d'illusions, elles seront vendues un jour ou l'autre et le fisc finira par rappliquer chez moi. Il n'en est pas question. »

J'aimerais qu'il s'arrête, pour qu'on parle, mais il continue à nourrir le feu, le visage dégoulinant de sueur.

« Il y a beaucoup de ces toiles qui mériteraient de figurer dans des musées, dis-je, avec l'autorité de la conviction. Tu n'y as jamais pensé?

— Je peins pour le plaisir. Quand la toile est finie, pour moi, elle est morte. »

Je suis déconcerté par sa rage de détruire. Après avoir réussi à sauver une dizaine de toiles, bien plus que je ne pourrai en rapporter lors de mon voyage de retour, en avion, je me sens coupable de non-assistance à chefs-d'œuvre en danger et même complice de crime contre l'art, voire contre l'humanité.

Après avoir jeté les dernières toiles dans le feu qu'il remue de temps en temps, à l'aide d'une fourche, grandpa, constatant mon état d'agitation, tente de me raisonner. Il faut que je regarde le ciel, dit-il. Surtout la nuit, quand il est étoilé. Toutes les réponses aux questions que l'on peut se poser sont dedans. Son infini est une gifle éternelle à la vanité du monde. En le contemplant, on est pris de vertige, face à tant de beauté qui nous dépasse, avant d'être saisi d'angoisse devant les menaces qu'il renferme. On ne peut que plaindre ceux qui rêvent de postérité.

« Tu ne crois pas à la postérité ? dis-je effrayé.

— Non. Même pas à celle d'Homère ou de Rembrandt. »

Après que j'ai répondu par une expression où doivent se mêler l'incrédulité et la consternation, grandpa m'expose une théorie que je l'ai souvent entendu développer par la suite. La terre n'aura qu'un temps, le soleil aussi. Quant à l'homme, n'en parlons pas. Il ne fait que passer ici-bas.

« C'est scientifique », insiste-t-il.

Grandpa connaît bien son sujet. Dans quelques milliards d'années, quand le soleil aura consumé son hydrogène et qu'il commencera à brûler son hélium, il deviendra une géante rouge qui avalera la Terre. Nous sommes tous condamnés à finir en soupe, la soupe du ventre solaire, avec nos rêves, nos châteaux et nos chefs-d'œuvre. À tout ça, j'objecte :

« On pourra toujours changer de galaxie.

— Mais c'est pareil partout. Le cosmos est une jungle où les étoiles se bouffent les unes les autres. Il se passe tout le temps des choses affreuses, dans l'univers. Comme sur la Terre. Des assassinats, des collisions, des agonies interminables. »

À en croire mon grand-père, mieux vaut se dire tout de suite qu'on n'est rien. De la poussière d'étoiles. Du recyclage d'atomes. En somme, de la récupération. Après, on est tranquille. La vie devient plus simple. Courir après la gloire revient à perdre son temps.

« Je peins pour le plaisir », dit-il, le regard absorbé par les flammes qui dévorent ses toiles dans un concert de craquettements et de hurlements.

J'ai connu peu d'hommes aussi heureux que mon grand-père. Ce n'est pas l'aigreur qui le pousse à vitupérer sans cesse la peinture contemporaine, mais la fidélité à André Lhote dont il fut l'élève à Montparnasse, entre les deux guerres, et auquel il voue un culte qui me semble, parfois, enfantin.

Malgré les pelletées de silence ou de mépris qu'ils jetèrent sur lui, pendant si longtemps, les critiques n'ont pas réussi à enterrer André Lhote, né en 1885 et mort en 1962, peintre écrivain et prophète du syncrétisme, qui tenta, sans succès, de lancer une nouvelle école, le « totalisme », contre les modes du temps. Même le gros Apollinaire, que j'aime tant, y alla de son caillou et, au nom du dogme cubiste, l'accusa de faire de l'« imagerie populaire ».

André Lhote n'était pas de son époque. Ses maîtres s'appelaient Poussin, Chardin, La Tour, Ingres, Delacroix, Gauguin et Cézanne. Comme papa. Comme grandpa. De son étude de la peinture à travers les âges, il a tiré plusieurs règles.

Des « invariants plastiques », comme il disait. Il croyait au dessin, à la composition, à la forme. Face à la montée de l'abstraction, il soutenait même qu'il n'y a pas d'art sans forme.

Grandpa peint comme lui. Le même goût de la géométrie. Le même refus de l'académisme, fût-il à la page. La même obsession de la sincérité qui condamne, d'une manière ou d'une autre, la perspective. La même volonté de rester au-dessus de son œuvre et de la penser. Mais il ajoute à tout cela une violence, une exubérance et une félicité que ses toiles, souvent très grandes, peinent à contenir.

Mon père n'a pas ce problème. Quand, à la quarantaine, il se remet à la peinture, il peint petit et, malgré ses efforts, assez triste. Il n'est jamais content du résultat et je ne lui donne pas tort. Il me semble que je ferais aussi bien, sinon mieux, et je décide bientôt d'aller le chercher sur son terrain. Je veux toujours devenir un grand écrivain et m'y emploie en pondant mes romans à la chaîne, la nuit, dans mon lit. Mais j'entends désormais devenir aussi un grand peintre pour effacer papa. Peut-être même le ridiculiser.

C'est à ma portée, j'en suis sûr. Au lycée, je fonde, avec quelques copains, un petit journal ronéoté, *Le Crotale*, avec l'unique objectif de rencontrer Alberto Giacometti et de lui demander de m'accepter comme élève dans son atelier.

Depuis que j'ai lu un reportage sur lui dans le magazine *L'Œil*, son visage m'obsède. J'aime ses sculptures et peut-être plus encore ses peintures. Mais je suis fasciné par son visage halluciné, le visage de celui qui se consume dans son au-delà, le plus beau visage d'homme que j'aie jamais vu.

Je suis prêt à tout pour travailler avec lui, une fois mon baccalauréat passé. Faire le ménage. Devenir son larbin. Je lui obéirai les yeux fermés, pourvu qu'il consente à me former. Rien qu'à regarder sa photo, je sais qu'on s'entendra. Il s'immole dans son art et ne se trouve pas à la hauteur. Je veux le consoler.

Je dois avoir quinze ans quand je le rencontre pour la première fois. J'ai pris un train au petit matin pour Paris et me suis présenté chez lui, au flan, sans rendez-vous, après lui avoir écrit une lettre pour annoncer mon arrivée. Il est neuf heures et demie lorsque je frappe à la porte de son atelier, rue Hippolyte-Maindron, dans le XIVe arrondissement.

Il met du temps à ouvrir. J'avais tant rêvé de lui qu'il me semble l'ombre de lui-même. Il a la tête de hibou effaré, ou de mort vivant, que sculptent les insomnies et que je sens aujourd'hui percer sous ma peau. Son teint est gris, un teint de l'autre monde, et ses yeux plissés souffrent le martyre derrière les corolles que déroule le mégot qui lui pend au bec. Il a la grimace de dégoût des grands fumeurs à l'œuvre et cherche à la corriger pour moi par un sourire un peu souffrant.

Derrière lui, l'atelier est comme un champ après la bataille. Un désordre indescriptible. Des livres et des vieux journaux partout, sur le lit, le fauteuil et par terre. Des tableaux empilés contre les murs. Des statues qui se dressent, toutes tremblantes devant le gouffre de leur destin, et dont le visage semble, dans la pénombre, baigné de larmes.

Je me présente. Alberto Giacometti me propose d'aller boire un café avec lui dans un bar de la rue d'Alésia où il me tient des propos étranges que je n'oserai pas reproduire dans l'un des premiers articles que j'ai écrits, un entretien avec lui, pour la page littéraire de *Paris-Normandie*, à l'occasion du deuxième anniversaire de sa mort.

« C'est désespérant, dit-il, après quelques généralités sur la peinture. Cette nuit, j'ai encore cru que j'allais y arriver, j'étais à deux doigts, et puis non, ça n'a pas marché. »

La cendre de sa cigarette tombe dans son double express et il boit le mélange sans un froncement de sourcils. Je crois qu'il aime ça. Je me demande même s'il ne jette pas la cendre exprès dans son café.

« J'y arriverai, insiste-t-il. Je suis sûr que j'y arriverai.

— À quoi ?

— À faire des têtes vivantes. Je suis tout près du but...

— Vous avez déjà fait des têtes vivantes, dis-je, obséquieux.

— Tu rigoles ou quoi ? »

Je ne peux réprimer l'espèce de griserie qui m'envahit. Je le connais à peine et il me tutoie déjà.

« Toute la semaine, j'ai pensé que j'allais réussir. Je ne dors plus. Je ne dormirai pas tant que je n'aurai pas trouvé le secret pour faire des têtes vivantes. Mais je sens que c'est pour cette nuit. Ça n'est plus qu'une question d'heures, maintenant. »

Il me dira la même chose les cinq ou six fois où je lui rendrai visite. Il a toujours failli faire une tête vivante la nuit précédente, mais quelque chose a cloché au dernier moment et il l'a loupée. Tant pis, ça sera pour la nuit suivante. Ou celle d'après.

Les mois passent et il ne varie pas. Il marche de son petit pas boiteux en direction d'un horizon qui, toujours, recule devant lui. C'est quand il croit l'avoir atteint que son but vient de lui échapper. N'était l'exorbitance de son art, Alberto Giacometti inspirerait pitié.

Quand je viens le voir, nous suivons toujours le même rite. Après avoir bu un café, à la cendre en ce qui le concerne, dans le bar de la rue d'Alésia où il a ses habitudes, nous passons des heures dans son atelier où je l'écoute parler. Il aime beaucoup parler.

Il a l'art modeste, comme grandpa. Il se sert souvent des mêmes formules, pour se rapetisser. Par exemple : « Les artistes ne sont pas des créateurs. Ce ne sont que les copieurs de la vie. » Ou bien : « Si dans un incendie j'avais à choisir entre sauver Rembrandt ou sauver un chat, je choisirais le chat. »

Il a consenti à me prendre comme élève, le jour venu. En attendant, je barbouille en cachette des croûtes où je le plagie sans vergogne ni talent. Je me souviens de la tête de papa quand je lui annonce que j'irai, sitôt mon baccalauréat en poche, travailler avec Alberto Giacometti. Il me regarde avec un mélange d'horreur et d'affliction.

« Mais c'est un artiste très secondaire, dit-il avec la fausse douceur de la mauvaise foi.

— Pour moi, c'est le plus grand.

— Alors, comme ça, tu veux devenir sculpteur ?

— Non, peintre. Peintre, écrivain et avocat, tout en un. »

Un jour, j'ai trouvé porte close rue Hippolyte-Maindron. Quelques mois plus tard, j'apprendrai la mort d'Alberto Giacometti et cette mort me tuera, du moins pendant quelque temps. Elle emportait dans la tombe le peintre que je voulais devenir pour humilier papa.

23

Il y a dans le ciel un grand silence qui coule sur moi, comme une eau. C'est l'été, mais j'ai froid et même de plus en plus froid, tandis qu'on s'éloigne lentement du quai, dans le jour lacté.

Le paquebot s'appelle, selon les ans, le *France*, le *Normandie* ou l'*Île-de-France*, mais le rituel est toujours le même. J'agite un petit mouchoir blanc en direction du pont, recouvert d'un caviar de têtes humaines, où grandma agite aussi le sien avec des gestes théâtraux, parce qu'elle exagère toujours tout, ses malheurs comme ses bonheurs. Je ne la vois pas, mais j'imagine qu'elle sanglote, renifle, se mouche et pousse de grands cris, à intervalles réguliers. Elle ne sait pas se contrôler. Moi, je me contente de pleurer, à ma façon, en silence, à petites larmes. Papa me porte des regards pleins de compassion. Il m'aime bien quand je suis triste.

J'ai passé beaucoup de temps au Havre, à attendre ou à regarder partir les bateaux. Mes grands-parents traversent tous les ans l'Atlantique pour nous rendre visite avec leurs dollars, leurs rires et leurs cadeaux. Ils aiment tant le vieux continent que je me demande, chaque année, à la fin des vacances, s'ils ne vont pas rester vivre avec nous. Ce serait mieux pour tout le monde. Il n'y aurait plus cette peur, sous notre toit, ni cette blessure qui nous crèvent les cœurs et les corps. Papa ne me bat jamais quand ses parents sont là. C'est à peine s'il élève la voix. Je crois qu'il craint son père qui, sous des dehors insouciants, est un homme d'autorité, capable de grosses colères.

Grandpa rend trop d'hommages à maman pour n'avoir pas compris que papa l'a beaucoup maltraitée, dans le passé. Il dit tout le temps qu'elle est très belle et très intelligente. Je lui donne bien raison. Il parle beaucoup. De littérature. De philosophie. De l'Amérique, surtout. Je suis sûr que papa souffre le martyre quand il entend son père célébrer le Nouveau Monde, avec un air extasié que contredit à peine son ironie habituelle. Bien entendu, je l'approuve et, parfois, en rajoute.

Aimer l'Amérique est une autre façon de haïr papa. Après mon débarquement en Normandie, à l'âge de trois ans, je ne devais plus retourner aux États-Unis avant ma dix-neuvième année. Mais je me suis toujours senti américain. Il est vrai que je n'avais pas le choix. « L'Américain » était le surnom que l'on me donnait, au lycée d'Elbeuf. Comme mon père, à l'imprimerie.

J'assumais. Sur le plan physique, mon améri-canitude me pesait plus que de raison, sans doute parce que je voyais papa derrière mes mâchoires carrées et ma démarche de déména-geur. Mais je vivais bien tout le reste et, dès qu'ils étaient attaqués, défendais les États-Unis, y com-pris pendant les quelques années où mon cœur battait à l'unisson de ceux des communistes. Je n'ai jamais été doué pour choisir.

Car enfin, c'est toujours le même Dieu qui parle, à travers le genre humain, pour dire le bien, la grâce, la justice et la beauté, qui ne seront jamais ni américains, ni marxistes, ni rien. La vie m'apprit cela très tôt comme elle m'apprit que le mal a toujours plusieurs visages, sans par-ler de ses innombrables masques. C'est pour-quoi je suis devenu vieux très jeune.

Rétif à tout embrigadement, il faut même, à l'époque, que je force un peu ma nature pour adorer l'Amérique. Sauf quand il s'agit de man-ger américain. Grandma nous expédie souvent des colis du Michigan. Papa est accablé quand il voit ses enfants les ouvrir, l'air vorace, et se jeter sur les pots de beurre de cacahuètes, les tablettes de chocolat Hershey aux amandes, les sachets de marshmallows au parfum de détergent sucré ou les paquets de Cracker Jack, du pop-corn au

154

caramel bistre, légèrement salé, dont le fabricant est un ami de mes grands-parents.

Aujourd'hui, il me suffit d'une bouchée de Cracker Jack pour retrouver, avec leur goût de mélasse un peu grasse, quelques-uns des meilleurs moments de mon enfance, quand nous avions la civilisation américaine à nos pieds, mes frères, mes sœurs et moi, au milieu des emballages, après avoir éventré les paquets de grandma.

« Tout ça, c'est du poison, décrète papa. De la merde et du poison.

— Peut-être, dis-je, la bouche pleine, mais c'est bon... »

Je suis sûr que papa se fait violence pour ne pas jeter à la poubelle tout ce que nous envoie grandma. Il n'aime pas sa mère, possessive compulsive, qui, après la mort de son mari, viendra en Normandie, avec son urne funéraire, pour tenter de ramener définitivement son fils aux États-Unis. Sans succès. Je crois même qu'il a honte d'elle. Par exemple quand, après une plaisanterie, elle laisse fuser son rire incongru, un rire aigu et interminable, qui jette souvent un froid. Ou encore quand elle développe ses théories fumeuses sur l'hygiène du monde qui serait menacé par les microbes qu'elle tente d'anéantir en se lavant tout le temps les mains, les dents, les cheveux ou le derrière. Elle a décidé qu'elle était bête, une fois pour toutes. C'est plus simple. Comme ça, on ne l'ennuie pas avec des questions, et elle a le droit de proférer ses sottises. Elle lit beaucoup. Hawthorne, Maupassant, Céline, Melville, Lévi-Strauss ou Bellow, l'écrivain officiel de la famille. Mais en cachette, pour ainsi dire. Elle soutient que les femmes doivent rester à leur place. Dans la cuisine, devant l'évier. Elle en sort peu. Sinon, les hommes se moquent d'elle. Papa, surtout.

Pendant que nous engloutissons les cochonneries de grandma, papa tente de nous raisonner :

« Les enfants, vous êtes en train de vous ruiner la santé. Si vous continuez, vous allez devenir obèses comme tous les Américains. »

Sa mauvaise foi est sans limites quand il parle de l'Amérique. Je ne relève pas. Avec lui, je relève rarement. Je ne veux pas d'histoires. Soucieux de plaire aux jeunes filles et déjà handicapé par des lunettes épaisses comme des loupes, j'entends sauvegarder, dans la mesure du possible, mon intégrité physique afin de n'avoir pas à m'expliquer, le lendemain matin, sur les bleus ou les blessures apparus pendant la nuit.

Souvent, papa se livre à d'interminables réquisitoires contre les États-Unis. Non pas à propos de leur prétendue naïveté, ni de leur obsession de la liberté qui inspire tant de dégoût aux vertueux totalitaires. Non. Il est obnubilé par le déclin de l'Amérique qui, comme jadis l'Empire romain d'Occident, a commis l'erreur de ne s'appuyer que sur les ploutocrates. Pour sauver leurs biens, les gros propriétaires terriens ont trahi sans vergogne Rome qui leur avait tout donné. Les multinationales, à qui Washington s'en est remis, passeront elles aussi, un jour, à l'ennemi. Mon père dit qu'on ne bâtit jamais rien de bon ni de durable sur la cupidité. La faute de l'Amérique est d'avoir fait de l'argent son idéal. C'est devenu son vice national.

Face aux éructations antiaméricaines de papa, j'arbore, les dents serrées, tous les signes distinctifs du petit Américain grâce aux habits que grandma nous envoie et que je porte religieusement, avec une fierté de cardinal. Je suis aussi l'un des premiers, au lycée d'Elbeuf, à garder les cheveux longs, pour bien signifier mon appartenance à la génération rock qui va déferler sur le Vieux Monde. Le soir, dans mon lit, je lis ou écris mon œuvre complète en écoutant Radio London ou Radio Caroline, les radios pirates britanniques. Elles diffusent jour et nuit cette musique que papa abhorre et qui me transporte, un nouveau ferment de discorde entre nous. C'est toujours la même chanson ou la même histoire qui tourne en boucle et que racontent Elvis Presley, les Beatles, Bob Dylan, les Kinks, les Rolling Stones, Roy Orbison, les Beach Boys, Chuck Berry, les Righteous Brothers, les Carpenters, les Doors, les Animals, B.B. King, John Lee Hooker, et j'en passe. Écoutons-la :

« *It's now or never, love me do, just like a woman, all day and all of the night, please, please me, time is on my side, oh, pretty woman, you really got me, I get around, I want to hold your hand, I never can tell, God only knows, let's go away for a while, somewhere else, I know there's an answer, close together, unchained melody, light my fire, I want you, don't let me be misunderstood, when my heart beats like a hammer, boom, boom.* »

Dans le froid de mes draps, je mets très bas le son de la radio. J'ai toujours peur que papa n'entre dans ma chambre en hurlant et ne casse mon poste, comme il m'a menacé un jour de le faire s'il me surprenait en train d'écouter de la musique de « dégénérés ».

J'aime Bach, Mozart et Schubert. Mais je ne peux me passer des cris d'amour ou d'angoisse que me jettent ces chanteurs, de quelques années mes aînés. Quand je me risque, pour provoquer mon père, à dire tout le bien que je pense d'eux, au lieu de s'époumoner contre moi, il me regarde avec un air de chien battu. Il fait la même tête chaque fois que je lui parle de mon intention de vivre aux États-Unis. Il n'élève pas la voix. Il est juste affligé. Ça me fait du bien. Je lui fais souvent part de ma résolution.

C'est au retour d'un long voyage aux États-Unis que papa me donne ma dernière volée. J'ai vingt et un ans. Il n'y a pas si longtemps, je voulais encore être Victor Hugo ou rien. Je viens de rabaisser mes prétentions. Je me contenterai, désormais, d'être Jack Kerouac ou rien. Ça me semble à ma portée. Je suis déjà catholique, aviné et crasseux comme lui. Il ne me reste plus qu'à publier. En attendant, je bricole dans la presse.

Ce jour-là, je suis en train d'écrire un article pour la page littéraire de *Paris-Normandie* à laquelle je collabore depuis trois ans. J'ai signé de grands entretiens avec Aragon ou Montherlant, mais je me suis spécialisé dans la littérature américaine. Je travaille sur ma machine à écrire en fumant des cigarillos à la chaîne. Comme la plupart des anciens fumeurs, mon père ne souffre pas que l'on fume sous son toit. Il tousse souvent, pour me le signifier.

Il a mis deux grands seaux à bouillir sur la cuisinière pour le cidre qu'il est en train de faire, comme chaque année, en novembre. Un rite qu'il prend très au sérieux. Un peu trop même. À cette saison, il sent la pomme aigre et se lève souvent en pleine nuit pour aller vérifier les indications que donnent les instruments qui trempent dans les tonneaux. Le jour de la mise en bouteilles, il est toujours dans tous ses états.

C'est le jour, justement. Pour l'aider, il ne peut compter sur personne. Comme les tyrans à leur couchant, il n'inspire plus la même peur. Il lui faut se débrouiller tout seul. Voilà peut-être pourquoi il est de si méchante humeur. Avec ça, j'écoute du rock sur mon magnétophone. Led Zeppelin, peut-être. Ça n'arrange rien.

Soudain, une odeur de brûlé. Ça vient de la cuisine. J'accours. Papa a mis le gaz trop fort, sous les seaux, et les flammes, à force de lécher le petit meuble en bois de dessous l'évier, ont fini par y propager le feu. Je l'éteins, baisse le gaz et retourne à mon travail.

Quelques minutes plus tard, papa entre dans ma chambre. Il a des joues rouges de boucher et un regard noir de forcené. Avant qu'il ait ouvert la bouche, je commence à l'insulter intérieurement. Les mots se bousculent dans ma tête, les mots de maman contre lui quand il la frappait. Ordure, salaud, sale bête. Je le traite aussi de charogne. C'est une insulte qui lui va bien. Je me dis qu'il va me casser la gueule. Mais non, pas à mon âge ni au sien. Il se contente de hurler :

« Est-ce toi qui as baissé le gaz de la cuisinière ?
— Oui.
— Je t'interdis de le faire.
— Il y avait le feu sur un panneau du meuble.
— Tu mens.
— Vérifie. Il y a des traces de brûlé.
— Tu mens et je te défends de baisser encore le gaz. »

Il est à peine reparti, en claquant la porte avec une violence inouïe, que revient l'odeur de brûlé. Je retourne dans la cuisine, éteins le feu sur le meuble et baisse de nouveau le gaz.

Je sais ce que je risque. Aussi, au lieu de remonter dans ma chambre où, si mon père venait me chercher, je serais fait comme un rat, à moins de sauter par la fenêtre du premier étage, je reste dans la cuisine et prends un journal en attendant son retour.

Quand il s'amène et que je lui dis ce qui s'est passé, je comprends tout de suite, à son regard, qu'il faut fuir. Je sors de la maison par la porte de la salle à manger, papa à mes trousses. L'air est comme un alcool. Il fraîchit ma poitrine. La terre clapote. Elle embrasse si fort les semelles de mes chaussures qu'elle retarde ma course. Mais je n'ai rien à craindre. Ces dernières années, j'ai toujours distancé papa quand il me poursuivait. Je suis tellement sûr de moi que je ne prends même pas la peine de jeter un regard derrière mon épaule pour vérifier qu'il ne me rattrape pas.

Ma surprise est grande quand je tombe dans l'herbe gluante, la tête en avant, le nez dedans. Papa m'a plaqué au sol. Je me retourne aussitôt sur le dos, les bras en croix. Il est au-dessus de moi, avec une expression de tueur en série, rempli d'ouragans, dépassé par tout ce qui souffle en lui. Je l'injurie intérieurement, comme à mon habitude.

J'ai envie de me relever pour le corriger, depuis le temps que ça me démange, mais quelque chose me retient, alors qu'il commence à me cogner à grands coups de botte, en poussant des hulées de fin du monde. Il ne me frappe pas le visage, non, ça laisserait des traces, mais les épaules, les côtes, les flancs et les jambes, si fort que le sang de mon ventre me remonte aux lèvres et aux yeux qui se couvrent de nuées rouges. Un grand cri s'embourbe au fond de moi. Je ne gémis ni ne pleure. Je le hais trop pour ça.

Quand il me laisse enfin et que je peux déplier ma carcasse moulue, j'ai un goût écœurant dans la bouche, comme si j'avais mangé de la terre, et la tête me tourne, non qu'il l'ait bottée, mais on dirait qu'il y a des explosions à répétition dedans. Je me sens plein de sauvagerie et de salissures. Il faut que je me lave la figure de toute urgence.

J'ai envie de monter au grenier et d'ouvrir le carton qui contient, outre quelques effets de papa, ses médailles et ses décorations de la dernière guerre, pour cracher dessus, en tremblant un peu, sous le regard de Dieu, comme je l'ai déjà fait dans le passé. J'ai envie aussi de repartir aux États-Unis par le premier avion pour mettre l'océan entre lui et moi, à tout jamais. Mais je finis par me calmer. À cause de l'eau dont j'asperge mon visage, de la hantise de lui ressembler et, surtout, du désir de lui faire tout payer. Les colères, les cris, les coups. Au prix fort. Je passerai le reste de sa vie à me venger de lui.

24

À cinquante-quatre ans, papa est licencié de l'imprimerie qui, après la mort de papi, s'est fait bouffer par une autre. Ce n'est pas lui, bien sûr, mais maman qui m'a appris la nouvelle. Elle mettait ça sur le compte de la crise, des restructurations et d'autres gros mots de ce genre. Je me souviens qu'elle en avait beaucoup après le système capitaliste.

Sitôt viré, papa s'inscrit au chômage et cherche du travail. Il ne trouve rien. C'est là qu'il meurt pour la deuxième fois de sa vie. Rien qu'à le voir, à l'époque, on sait qu'il sera absent quand la mort se présentera à lui pour de bon. Il n'est déjà plus qu'une ombre qui rase les murs, débarrasse la table et lave la vaisselle en traînant partout son visage triste. Je crois bien ne plus l'avoir entendu hausser le ton contre maman.

Elle a pris le dessus. On dirait même qu'il est à son service quand elle lui donne ses instructions, le matin, avant de partir au travail. Pour les courses, les corvées du clos ou la nourriture des bêtes. Dans les mariages aussi, il y a des alternances où le pouvoir change de mains. Du jour au lendemain, maman fait la loi. Même quand mon père commence à gagner de l'argent avec ses toiles, il continue de marcher au pas, sous son commandement, le petit doigt sur la couture du pantalon.

J'aime le voir comme ça, le pauvre couillon, courbé sous son destin. Il a les yeux comme des trous vides où se reflète la fatigue définitive des gens qui ont décidé, une fois pour toutes, que vivre était mortel. Il boit souvent des coups, pour faire passer, mais son chagrin lui reste en travers de la gorge. Il dort bien plus qu'avant. Sauf que ça ne lui suffit jamais.

Je ne suis pas le dernier à me faire les pieds dessus. Deux ou trois bourgeois elbeuviens ont commencé à se payer sa tête, au Lyons Club dont il est l'original de service. Moi, je ne le lâche jamais, lors de mes visites du dimanche. S'il me pose une question, je feins de ne pas l'avoir entendue. S'il lance un sujet de conversation, j'embraye sur un autre, l'air de rien. S'il me sert du vin ou autre chose, je détourne les yeux pour n'avoir pas à le remercier, fût-ce du regard. Je m'acharne contre mon père qui n'est plus que le fantôme de lui-même.

Je vois bien qu'il a envie de parler. De lui, de moi, de nous. Mais il est noué. Dès qu'il s'agit de sentiments, les mots se cramponnent au fond de sa gorge. Son visage se contracte, ses lèvres tremblent, et puis plus rien. Maman, qui met ce mutisme sur le compte du débarquement et de sa honte d'avoir survécu, l'aide, depuis peu, à sortir, de temps en temps, de sa gangue de plomb. Ça me désole.

Jamais je ne le laisserai crever le pan de silence que j'ai installé entre lui et moi. J'en veux à maman de l'aimer à nouveau. Je sais que c'est un amour au rabais, plein de pitié et d'habitudes, mais je lui en veux de lui avoir pardonné, plus ou moins, comme le prouvent ces gestes ou ces regards furtifs qu'ils échangent devant moi et qui me blessent à en hurler.

Je contiens les cris d'horreur qui montent en moi devant l'odieux spectacle de leur rabibochage, mais maman les entend. Un jour elle tente de me raisonner :

« Tu sais, je crois que tu devrais parler avec ton père.

— Mais je lui parle, dis-je avec cette espèce de douceur indignée, qui est propre à l'hypocrisie.

— Non, ne me raconte pas d'histoires. Tu te comportes mal avec lui.

— Et lui ? S'est-il bien comporté, quand il nous battait ?

— C'est du passé. Je voudrais que tu te réconcilies avec lui.

— Enfin, maman, on n'est pas fâchés !

— Si. Je reconnais que tu as des raisons de lui en vouloir. Mais je pensais que tu étais chrétien. Que tu croyais à l'expiation et au rachat.

— J'y crois, maman.

— Pour tout le monde, sauf pour ton père. »

Je me souviens encore mot pour mot de la conversation que nous eûmes, ce jour-là. Nous nous trouvons dans la minuscule cuisine de La Capelle. La machine à laver la vaisselle est en panne, comme d'habitude, et nous la remplaçons, maman à la plonge et moi aux torchons, à moins que ce ne soit l'inverse.

C'est l'hiver et il fait froid, comme toujours chez mes parents. La vieille chaudière à mazout a beau se démener en ronflant à plein régime, à la limite de l'explosion, elle n'est pas à la hauteur : plusieurs pièces de la maison sont des glacières. Le séjour, ma chambre, les toilettes et la salle de bains. Mais j'aimais bien l'air âpre et pénétrant, qui, sous le toit familial, entrait jusque dans nos draps, et ce n'est pas sans nostalgie que je me remémore, en écrivant ces lignes, les onglées et les engelures qui nous rongeaient, une partie de l'année. Surtout quand on allait aux bêtes.

Papa est justement dans l'étable. Il s'occupe de sa vache et de son petit. Il passe toujours beaucoup de temps avec eux. En particulier à la mauvaise saison. Il leur donne de la paille et de l'avoine. Il les brosse et leur parle. Je sais ce qu'il ressent. J'ai toujours aimé, comme lui, apporter du bonheur aux bêtes quand il gèle, tonne ou pleut, et que les éléments les ont repoussées, tremblantes, dans leur repaire. Leurs yeux vous disent des mercis qui fendent le cœur.

Après la vaisselle, j'irai retrouver, dans son abri, ma vieille chèvre aux dents pourries et lui donnerai quelques tranches de pain rassis. En attendant, maman me chapitre en parlant vite, comme une machine à écrire. Elle n'a jamais su s'exprimer autrement, sans doute à cause de ce retard, déjà évoqué, qu'elle cherche à rattraper depuis sa naissance. Elle me dit que papa n'a cessé, ces derniers mois, de me tendre la main et que mon devoir de fils est de la saisir. Elle insiste sur tout ce que nous avons en commun, mon père et moi. La même vision cosmique et rustique de la vie. La même passion de l'Histoire et de la littérature. Le même amour des bêtes aussi.

Je n'ai pas la cruauté de rappeler à maman tous les coups qu'elle a reçus, les bleus aux bras et les yeux au beurre noir, dont je ne ferai jamais grâce à papa. Je ne crois pas à la sérénité qu'elle pense avoir trouvée avec lui. Je suis sûr qu'elle se ment à elle-même et le lui dis.

« Il a beaucoup changé », répond-elle.

C'est vrai. Je n'ai pas voulu le voir, sur le moment, mais papa semble apaisé, depuis quelque temps. Il promène dans le clos, à longueur de journée, la lenteur souriante et fatiguée des vieux paysans. Surtout, il a, comme moi, la manie de s'amouracher des bêtes qui ne le quittent plus d'une semelle. Un bœuf ou une vache qui le suit partout tandis qu'il désherbe, répare les clôtures ou taille les arbres. Un canard-dinde énorme qui clopine derrière lui et, de temps en temps, vient pleurer ses péchés contre sa jambe, comme un toutou, avant de se trémousser contre la mienne. Un obsédé. Maman a fini par obtenir sa tête après qu'il eut importuné des visiteurs. Elle en a fait un repas du dimanche qui, je le sais, est resté sur l'estomac paternel.

À la fin de sa vie, j'ai souvent surpris papa en conversation avec un crapaud, un oiseau et, surtout, des abeilles. Elles sont devenues ses meilleures amies. Il passe des heures devant ses ruches à guetter le vol nuptial, quand la reine-abeille s'élève dans les cieux, le plus haut possible, poursuivie par une armée de reproducteurs surexcités, jusqu'à ce que le plus fort d'entre eux, son élu, la prenne et l'engrosse avec tant de fièvre qu'il y perdra son organe et mourra éventré, en plein azur. Il est fasciné aussi par le massacre annuel des mâles quand les abeilles se mettent, un jour, à exterminer systématiquement tous ces bons à rien, repus et imbus d'eux-mêmes, toujours à leur bloquer le passage et à conchier partout, y compris sur les rayons des ouvrières.

Nous n'en avons jamais parlé ensemble mais plus j'y pense, plus je me dis que mon père croyait, comme moi, à la parenté universelle des êtres et à la transmigration des âmes qui, depuis la nuit des temps, circulent sur la terre en passant d'une vêture l'autre. Je le comprends seulement maintenant, en me souvenant de son parlage ou de ses sourires aux animaux.

Selon Diogène Laërce, Pythagore prétendait avoir été Aethalides, Euphorbe, Hermotime, puis Pyrrhos, le pêcheur de Délos. Sans parler des plantes et des bêtes que son âme avait habitées dans l'intervalle. Empédocle, que j'ai toujours à mon chevet, écrivait avec l'autorité du poète, dans *Les Purifications* : « Je fus au cours du temps le garçon et la fille, l'arbre, l'oiseau ailé et le muet des eaux... »

Moi, je suis, comme papa, tout ça simultanément, et même encore davantage. Je vois des âmes partout, jusque dans les brins d'herbe. Je souffre toujours, chaque fois que j'entends l'expiration de l'arbre qui tombe sous la tronçonneuse : on dirait un dernier soupir. Je fais aussi un effort sur moi pour ne pas hurler contre les enfants qui jettent des pierres dans l'eau : c'est leur manquer de respect.

Tout vit. Tout parle. À moi et à papa aussi. Maintenant que je rassemble mes souvenirs, le moindre de mes regrets n'est pas de n'avoir jamais cherché à faire la paix avec lui. J'en eus souvent l'occasion. Notamment quand je recueillis, à dix-sept ans, un petit hérisson abandonné dont il s'éprit sur-le-champ. C'est pour le caresser que mon père a franchi, pour la première fois, la porte de ma chambre. Il est souvent revenu, ensuite, pour le peloter.

Un caractère, ce hérisson. Je l'ai récupéré, un soir, tout tremblant de froid. Ma chèvre, qui est à la chaîne, lui a démoli son nid. S'étant mis hors de sa portée, il lui fait face et lui couine après, tandis qu'elle le menace de ses cornes, en tirant sur son collier, comme un chien en colère.

Le petit hérisson semble avoir été surpris, avec sa famille, dans le gîte où il prenait ses quartiers d'hiver. Il n'est pas engourdi, pourtant, mais bien éveillé et même assez crâne. Il me plaît tout de suite. Je décide de l'adopter.

Je lui prépare une cage, avec une couche de vieux chiffons, et l'héberge dans ma chambre. La première nuit, il crie tant que je finis par l'installer dans mon lit où il se tait aussitôt. Il aime mon corps chaud. Surtout mes aisselles. Il prend l'habitude de dormir dans ce creux, en prenant soin d'aplatir ses piquants, comme tous les hérissons heureux.

Il n'est bien qu'avec moi. Il m'attend toute la journée, en tournant dans sa cage, et m'accueille à mon retour du lycée, avec des couinements qu'on dirait de joie, encore que s'y mêlent aussi des reproches. Maman et grandma mises à part, jamais je ne me suis senti aussi aimé. Il ne semble vivre que pour le moment où il peut s'enfouir sous mes bras.

C'est, comme les soupirants, souvent, un être entier, sentimental et tyrannique. Il ne supporte pas que je fasse mes devoirs ou que j'écrive mon œuvre complète sans le garder avec moi. Je l'emmène partout, quand je suis à la maison, y compris aux repas de famille. Il se niche sous ma chemise, en s'agrippant aux replis de mon ventre, et ne bouge plus. Ça suffit à son bonheur. Le mien se contente des exquises douleurs que laissent sur ma peau les griffures de ses pattes. Elles me serrent le cœur, comme les souffrances de l'amour que j'ai toujours mis, de même que maman, j'imagine, en tête de tous les plaisirs.

N'étaient les petites taches vertes qu'il déféquait sur mes draps, nous aurions formé un couple parfait. Notre idylle, hélas, n'a pas duré plus de trois semaines, car un soir, en rentrant, je l'ai retrouvé mort, emporté par une mauvaise diarrhée. Quand mon père a bredouillé ses condoléances, le soir même, en rappelant l'affection qu'il lui portait, je me suis abstenu de lui répondre ou même de le regarder. Pas à cause de ma peine mais de ma haine contre lui qui, jusqu'à sa mort, ravagea tout en moi, ma lucidité et mon humanité, gâchant une à une toutes les occasions de raccommodement.

25

Jamais je n'oublierai le sourire souffrant que mon père traînait partout, comme un remords ou une plainte, et qui, aujourd'hui encore, me fend le cœur. Jamais je n'oublierai les bouts de phrases qu'il bafouillait, pour engager la conversation avant de capituler et d'aller promener sa solitude ailleurs. Jamais je n'oublierai son regard perdu quand il me donna sa 2 CV jaune, pour mes dix-neuf ans, et que je pris les clés, sans le remercier. Jamais je n'oublierai sa dégaine d'ouvrier agricole au bout du rouleau, la casquette de guingois, apportant dans la maison les odeurs des saisons.

Sur la fin, papa avait réussi à fusionner avec le ciel et la terre. Il était devenu l'« homme invisible », titre d'un roman du Noir américain Ralph Ellison qu'il plaçait très haut. C'est maintenant seulement que je comprends à quel point je lui ressemble. Au printemps, quand la campagne normande se mettait à bouillonner et à déborder de partout, papa sentait comme moi, avant que je monte à Paris, la mousse, l'herbe et la sève des pommiers. L'été, c'était le foin, la paille, le blé cuit et la sueur chaude. L'automne, il puait la feuille pourrie et la pomme fermentée. L'hiver, la boue et le jus de fumier. Sauf quand la terre se cuirassait de givre ou de neige. Sitôt que les grands froids nous tombaient dessus, l'air devenait pur et lavait nos poitrines. C'est pourquoi j'aimais tant les gelées.

Maman, qui philosophait sur tout, aimait dire que nous étions, papa et moi, des enfants de Heidegger, car nous refusions le déracinement que le monde impose désormais à l'homme. Quand bien même le destin de l'espèce n'eût pas été de vivre, ici, sur cette planète, nous avions tous deux besoin, pour respirer, de nous sentir près de la terre. On n'était bien que sur l'humus des générations de bêtes, de plantes et d'humains qui nous avaient précédés et dont nous foulions de nos bottes crottées les couches successives. Elles nous parlaient. À travers les cris, les gargouillis ou les froissements de la glaise, des herbes et des trèfles, sous nos semelles.

Malgré ça, je ne me sentais pas le fils de mon père. Je ne voulais être que le fils de ma mère. Aussi, quand papa décréta qu'il était juif, peu de temps avant sa mort, je décidai que je serais arabe. Pourquoi pas? La musique orientale ouvrait toujours de grands élans dans ma poitrine et mon sang battait du tambour, comme s'il retrouvait quelque chose qui, longtemps, avait coulé dans mes veines. C'était un signe. La famille de maman ne comptait, de surcroît, que des noirauds, souvent frisés, sinon crépus. Il n'en fallait pas plus pour me persuader que jadis, les Sarrasins étaient passés par là. Dans le Cotentin, plus précisément à Saint-Jean-des-Champs, berceau des Allain, la famille maternelle.

Après avoir consacré ses insomnies à travailler sur l'arbre généalogique de la famille Giesbert, papa arriva à la conclusion que son nom d'origine était Ginsberg, du nom d'usuriers juifs qui, au XIXe siècle, avaient fui l'Autriche pour s'installer en Allemagne, à Neuwied, où son arrière-grand-père avait acheté son patronyme, contraction de Giselbrecht von der Geist, à un vieil aristocrate ruiné. Il trouva les mêmes ascendances juives chez les Proudfoot, du côté de grandma.

Tout cela, je le tiens de Jean-Christophe, le fils préféré. C'est à lui que papa a parlé. Au nom de ce qu'il appelait la loi des cadets, mon père ne comptait que sur lui pour sauvegarder l'héritage culturel de la famille. Je ne pouvais lui donner tort. Je ne croyais pas à son histoire.

Le jour où papa m'annonça que, d'après ses recherches, nous étions juifs, je le regardai avec des yeux étonnés en rigolant doucement :

« Première nouvelle.

— Je voulais que tu le saches.

— Et alors ? Que veux-tu que ça me fasse ? Il n'y a pas de quoi casser trois pattes à un canard. »

Sur quoi, je tournai les talons. J'aurais aimé voir sa tête, à cet instant. J'ai déjà dit qu'il était mort longtemps avant de mourir. À cette époque, il avait presque toujours sur le visage ce masque de sérénité effrayée qu'on trouve sur certains cadavres. Je sais que je l'avais troublé. Peut-être même avait-il mordu ses lèvres, comme chaque fois qu'il avait des émotions. Je lui en donnai souvent. J'étais sa mauvaise conscience. Un crachat à sa figure.

Il me suivit et demanda :

« Ça ne t'intéresse pas ?

— Non, pas vraiment. Pour moi, ça ne change rien. Je suis catholique, je reste catholique. »

Papa ne s'est pas converti mais, dans les mois qui ont précédé sa mort, il a beaucoup changé. Il pouvait rester des heures dans un fauteuil, en méditation. Même s'il restait un fidèle de Michel Tournier, il lisait surtout des livres d'Elie Wiesel, d'Emmanuel Levinas ou d'Isaac Bashevis Singer. Il s'était mis à l'étude du Talmud où il retrouva cette métempsycose à laquelle je le soupçonne d'avoir cru. L'âme d'Abel ne s'était-elle pas faufilée dans les corps de Seth puis de Moïse avant d'atterrir Dieu sait où ?

Parce que je voyais mon père à travers lui, j'ai longtemps haï le Juif en moi, si jamais il existe, ce qui reste à prouver. Aurais-je pris la peine de le chercher, je me serais peut-être trouvé. Il est trop tard, aujourd'hui. Alors que je me sens envahi par l'âge, ce mélange de fatigue et de nostalgie, je ne me pardonne pas, surtout, de n'avoir jamais eu pitié de papa. Depuis la petite enfance, je prétendais écrire tout seul, en me donnant le beau rôle, une histoire qui n'était pas la mienne. J'étais le Juste Juge qui devait venger maman. Mais elle n'avait pas besoin de moi. Elle était bien assez grande.

Au lycée d'Elbeuf, au parti socialiste ou à l'hôtel de ville où elle fut adjointe au maire, maman savait se faire écouter et respecter. Elle en jetait quand elle partait en ville, droite comme un cierge, dans un tintinnabulement de colliers et de bracelets, ses talons hauts battant la charge. Elle n'était pas une victime.

N'étaient les coups qui la moulurent des années durant et qu'elle avait semblé accepter, plus ou moins, elle aurait parfaitement incarné ce que les magazines appelaient déjà la femme libérée. Elle en avait tous les attributs. Un travail gratifiant de professeur de philosophie qui lui permettait d'agrandir chaque année le cercle de ses enfants. Un activisme de chrétienne libertaire, le cœur sur la bouche, qui ne se laissait pas marcher sur les pieds par les hommes. Une autorité naturelle que je n'ai toujours pas trouvée en moi. Une grâce de conquérante, enfin, qu'elle cultivait à coups de crèmes hydratantes et d'exercices de gymnastique, car maman s'aimait bien, malgré les apparences.

Mais elle aimait papa davantage encore. Un de ces soirs où nous faisions la vaisselle ensemble, elle m'avoua que les raclées paternelles finissaient presque toujours au lit où, le savoir-faire de mon père aidant, ils scellaient leur réconciliation. Des années plus tard, alors qu'elle était veuve et que je tentais de la pousser dans les bras d'autres hommes, elle m'avoua n'avoir jamais éprouvé autant de bonheur qu'en faisant l'amour avec papa. Je me souviens de ses grands yeux quand elle avait dit ça, des yeux luisants, quoique légèrement voilés, de sainte ou d'amante.

Je soupçonne son amour d'avoir été aussi très maternel. En plus de sa ventrée, tout le monde était l'enfant de maman. Ses élèves, je l'ai dit, mais aussi ses voisins et ses électeurs. Mon père, surtout. Elle l'appelait souvent « mon pauvre ». Elle l'observait avec un air de compassion méprisante lorsqu'il commençait ses crises alors qu'en d'autres circonstances, quand, par exemple, au petit déjeuner, il donnait ses conférences sur les Sumériens ou les Aztèques, elle lui lançait des regards émerveillés, les pupilles dilatées, comme si elle allait le manger.

Mon père l'accusait d'être castratrice. À tort.

Maman ne cherchait qu'à le protéger contre lui-même. Contre le monde du dehors aussi, car sa gaucherie pouvait le mettre, parfois, dans de mauvais cas. Avec nous, elle était toujours aux petits soins, une poule avec sa couvée. Papa était un de ses poussins. Je ne crois pas qu'il aurait pu se débrouiller sans elle. Il m'a fallu du temps pour comprendre que la réciproque pouvait être vraie. Il était l'autel où elle s'immolait. Sa pénitence et sa rédemption. Je suis sûr qu'elle le plaignait quand il la battait.

Je découvris à quel point maman l'aimait quand, longtemps après qu'elle l'eut rejoint dans la tombe, je me résolus à ranger ses papiers personnels. Les lettres, les photos de famille, les cartes de visite, les articles de journaux, tout était mélangé dans des sacs plastique où je les avais fourrés après le décès de ma mère. Je les vidai un à un et triai leur fatras. C'est ainsi que je tombai sur une facture du Grand Hôtel de la Poste, à Vienne, dans l'Isère. Elle avait écrit dessus avoir passé là sa dernière nuit d'hôtel avec papa, au retour d'un séjour en Provence. Je trouvai d'autres souvenirs de ce genre.

Mes parents s'aimaient et j'avais passé ma jeunesse à me le cacher. Je suis sûr qu'ils s'aiment toujours. Souvent, je vais leur rendre visite, tout en haut du cimetière d'Elbeuf, sous le cyprès que maman a planté, avec vue sur la ville et la Seine. Je leur parle. Ils ne répondent pas grand-chose. Des espèces de murmures que j'ai peine à entendre, comme s'ils venaient de l'autre côté de la terre. La mélodie des morts. Ils sont bien ensemble, je le sens. Leurs squelettes décharnés ne se sont pas encore mélangés, à la faveur des éboulis que les grosses pluies normandes ne manqueront pas de causer un jour, mais enfin, ils ont au moins eu le bonheur de pourrir sous la même pierre tombale, à quelques années d'intervalle.

Voilà. Il me semble que je n'ai rien oublié. Sauf, bien sûr, mes sœurs et mes frères que j'avais abandonnés à leur sort, moi l'aîné, pour régler mes comptes avec papa et vivre ma vie dans le clos ou dans mes livres. Qu'ils m'excusent d'avoir remué tout cela. C'est à eux maintenant de raconter leur histoire si l'envie leur en prend un jour. Je me suis contenté de raconter la mienne.

Je l'ai racontée pour me délivrer du chagrin de n'avoir jamais donné à mon père l'occasion de me parler et de lui pardonner. Je ne manque de rien, au couchant de ma vie. Juste d'avenir et de bonne conscience, ce qui revient peut-être au même. Après avoir laissé des remords partout où m'a mené ma haine, j'ai décidé d'aimer tout le monde, même mes ennemis, et de vivre chaque journée, chaque rencontre, chaque conversation, comme si c'était la dernière.

Voilà ce que m'a appris la mort de papa, d'une crise cardiaque, par un bel été qui sentait le foin coupé, aux urgences de l'hôpital d'Elbeuf. Maman l'avait amené parce qu'il souffrait de violentes douleurs à l'épaule. Il était très agité et l'interne de service crut utile de le sermonner :

« Un peu de courage, monsieur, je vous prie ! Calmez-vous ! »

Sur quoi, papa se calma pour de bon en rendant l'âme. Quand j'appris la nouvelle, je pleurai longtemps. Je n'ai jamais pleuré autant à la mort de quelqu'un, même à la mort de maman. Rien n'est pire que de se quitter fâchés.

Papa n'avait pas laissé de dernières volontés. Maman les respecta quand même en lui épargnant les obsèques religieuses. Il en serait mort une nouvelle fois. Mais elles m'auraient mieux aidé à faire passer ma peine. À cause de la musique et des lectures de la Bible.

Avant la mise en terre de papa, je lui rendis visite à la morgue de l'hôpital. Il ne sentait pas la rose et une grande tache violette maculait tout le côté gauche de sa poitrine. Mon cœur battait très fort quand je me suis penché sur lui et que j'ai posé un baiser sur son front, déjà rempli par les grands froids éternels.

C'est la seule fois que je l'ai embrassé. Des années après, j'ai toujours dans la bouche le goût aigre et sucré de ce baiser. Le goût de la mort.

En me redressant, je me retins, par respect pour lui, de faire le signe de croix mais je me rappelle avoir prié longtemps sur le pas de la porte.

DU MÊME AUTEUR

Aux Éditions Gallimard

LE VIEIL HOMME ET LA MORT, 1996 (Folio, n° 2972).

MORT D'UN BERGER, 2002 (Folio, n° 3978).

L'ABATTEUR, 2003 (« La Noire »; Folio policier n° 410).

L'AMÉRICAIN, 2004. Prix du Témoignage biographique 2004
(Folio n° 4343).

Aux Éditions Grasset

L'AFFREUX, 1992. Grand Prix du roman de l'Académie française.

LA SOUILLE, 1995. Prix Interallié.

LE SIEUR DIEU, 1998.

Aux Éditions du Seuil

FRANÇOIS MITTERRAND OU LA TENTATION DE
L'HISTOIRE, 1997.

MONSIEUR ADRIEN, 1982.

JACQUES CHIRAC, 1987.

LE PRÉSIDENT, 1990.

LA FIN D'UNE ÉPOQUE, 1993 (Fayard-Seuil).

FRANÇOIS MITTERRAND, UNE VIE, 1996.

COLLECTION FOLIO

Dernières parutions

Photocomposition C *MB* Graphic
70, Bd Marcel Paul – 44 800 Saint-Herblain

Impression Novoprint
à Barcelone, le 13 février 2006
Dépôt légal : février 2006

ISBN : 2-07-032095-2./Imprimé en Espagne.